CLÁSSICOS
BOITEMPO

Jack London
(1876-1916)

A ESTRADA

CLÁSSICOS BOITEMPO

AURORA
Arthur Schnitzler
Tradução, apresentação e notas de Marcelo Backes

BAUDELAIRE
Théophile Gautier
Tradução de Mário Laranjeira
Apresentação e notas de Gloria Carneiro do Amaral

DAS MEMÓRIAS DO SENHOR DE SCHNABELEWOPSKI
Heinrich Heine
Tradução, apresentação e notas de Marcelo Backes

EU VI UM NOVO MUNDO NASCER
John Reed
Tradução e apresentação de Luiz Bernardo Pericás

MÉXICO INSURGENTE
John Reed
Tradução de Luiz Bernardo Pericás e Mary Amazonas Leite de Barros

NAPOLEÃO
Stendhal
Tradução de Eduardo Brandão e Kátia Rossini
Apresentação de Renato Janine Ribeiro

OS DEUSES TÊM SEDE
Anatole France
Tradução de Daniela Jinkings e Cristina Murachco
Prefácio de Marcelo Coelho

O TACÃO DE FERRO
Jack London
Tradução de Afonso Teixeira Filho
Prefácio de Anatole France
Posfácio de Leon Trotski

TEMPOS DIFÍCEIS
Charles Dickens
Tradução de José Baltazar Pereira Júnior
Ilustrações de Harry French

JACK LONDON

A ESTRADA

Tradução, prefácio e notas
Luiz Bernardo Pericás

Copyright © da tradução brasileira
Boitempo Editorial, 2008
The Road (título original) foi publicado pela primeira vez em 1907,
pela editora Macmillan, em Nova York.

Coordenação editorial	Ivana Jinkings
Tradução, prefácio e notas	Luiz Bernardo Pericás
Editor assistente	Jorge Pereira Filho
Assistente editorial	Luciene Lima
Preparação	Adriane Gozzo
Revisão	Thaisa Burani Fabrizio Rigout
Capa e editoração eletrônica	Antonio Kehl
Coodernação de produção	Juliana Brandt
Assistência de produção	Livia Viganó

CIP-BRASIL. CATALOGAÇÃO-NA-FONTE
SINDICATO NACIONAL DOS EDITORES DE LIVROS, RJ

L838e

London, Jack, 1876-1916
A estrada / Jack London ; [tradução Luiz Bernardo Pericás]. - São
Paulo : Boitempo, 2008.
-(Clássicos Boitempo)

Tradução de: The road
ISBN 978-85-7559-127-7

1. London, Jack, 1876-1916 - Viagens - Estados Unidos. 2. Escritores
americanos - Século XX - Biografia.   I. Título.   II. Série.

08-4993.

11.11.08   13.11.08

CDD: 818
CDU: 821.111(73)-94
009735

É vedada a reprodução de qualquer
parte deste livro sem a expressa autorização da editora.

1ª edição: dezembro de 2008; 2ª reimpressão: abril de 2025

BOITEMPO
Jinkings Editores Associados Ltda.
Rua Pereira Leite, 373
05442-000 São Paulo SP
Tel.: (11) 3875-7250 / 3875-7285
editor@boitempoeditorial.com.br | boitempoeditorial.com.br
blogdaboitempo.com.br | youtube.com/tvboitempo

SUMÁRIO

Jack London na Estrada, *Luiz Bernardo Pericás* 9

A Estrada 23

    Confissão 25

    Clandestino 41

    Instantâneos 59

    "Grampeado" 89

    A penitenciária 107

    Vagabundos cruzando a noite 123

    Pé na estrada 143

    Dois mil vagabundos 159

    Tiras 173

Cronologia de Jack London 191

Obra completa 195

JACK LONDON NA ESTRADA

Luiz Bernardo Pericás

Publicado em 1907, *A Estrada* é considerado o primeiro "clássico" do seu gênero nos Estados Unidos e o autêntico precursor da literatura Beatnik, que iria renovar o ambiente cultural norte--americano, muitas décadas mais tarde. Mas, ao contrário de Jack Kerouac e dos autores de sua geração – que retrataram a juventude "perdida" de classe média do pós-guerra, fazendo críticas ácidas ao consumismo desenfreado e aos padrões conservadores de comportamento da "América" nos anos 1940 e 1950 –, Jack London mostra uma faceta bem diferente daquele país. Neste livro memorialístico, autobiográfico, o autor de *O povo do abismo** tem como pano de fundo os Estados Unidos de 1894, ano de crise econômica aguda, empresas falidas e altas taxas de desemprego, apresentando, como personagem principal, o *hobo*, o vagabundo itinerante, que comumente se utilizava dos trens para cruzar o país de forma clandestina, algumas vezes em busca de trabalho, outras apenas para sobreviver da mendicância ou de pequenos roubos e furtos. London foi um desses milhares de vagabundos e, em *A Estrada,* narra com detalhes a vida aventureira e arriscada dessa gente.

Escritos em formato seriado para a revista *Cosmopolitan,* os textos foram compilados e organizados pelo próprio autor, que publicou em 1907 as histórias de seus tempos na Estrada,

---

* *O povo do abismo* (trad. Hélio Guimarães e Flávio Moura, São Paulo, Editora Fundação Perseu Abramo, 2004). (N. E.)

quando tinha apenas dezoito anos de idade. A obra, na ocasião, foi recebida sem muito alarde pela crítica especializada, ainda que, ao mesmo tempo, tenha obtido grande êxito de público. É bom lembrar que London era um dos campeões de venda de sua época. Seu sucesso era enorme.

A saga de London não teria sido a mesma se não fosse pela extensa malha ferroviária que cobria grande parte dos Estados Unidos. Os trens, de fato, tiveram uma importância singular no desenvolvimento da "América" até o final do século XIX, perdendo sua força apenas muitas décadas depois, quando a preferência dos passageiros, do governo, dos investidores e das empresas se voltou para os aviões, carros e caminhões.

A primeira companhia ferroviária que transportou passageiros nos Estados Unidos (que fazia a linha entre Baltimore e Ohio) começou a atuar em 1830 e, daí em diante, o que se viu foi um incremento gigantesco em quilometragem nas estradas de ferro. Se em 1840 havia 5 325 km de linhas férreas (três vezes mais do que o total da Europa naquele momento), esse número subiu para 14,4 mil km em 1850, chegando a mais de 56 mil km em 1865. Ainda assim, o sistema ferroviário norte-americano era bastante frágil e ineficiente: pelo menos onze tipos de bitolas eram utilizados; passageiros e carga tinham de ser constantemente transferidos de trens ao longo da viagem; e um excesso de companhias operava nos mesmos trechos (para se ter uma ideia, pelo menos vinte empresas faziam o trajeto St. Louis–Atlanta). Por isso, não é de se estranhar que, em 1860, cada companhia ferroviária fosse dona, em média, de apenas 160 km, em todo o território dos Estados Unidos; e de somente 64 km nos estados do sul. Assim, pode-se compreender porque, depois da Guerra Civil, grande parte do público aceitava, sem problema, a ideia de que poucos empresários e homens de negócio controlassem quase a totalidade da malha ferroviária, já que estes, supostamente, colocariam ordem no setor e uniformizariam locomotivas, vagões e trilhos em todo o território, facilitando, agilizando e barateando o transporte de pessoas e produtos. Foi isso o que, efetivamente, acabou ocorrendo.

Se as ferrovias norte-americanas recebiam poucos subsídios do governo até o final da década de 1850, veriam um incremen-

A ESTRADA

to impressionante nos investimentos federais a partir do Pacific Railroad Act, de 1862, que ajudaram a completar a primeira linha transcontinental, conectando a Union Pacific e a Central Pacific em Promontory Point, Utah, em 1869. De 1862 a 1890, Washington iria investir 350 milhões de dólares em companhias ferroviárias. Isso sem contar com o auxílio financeiro ou doações de terras de diversos estados da União para aquelas empresas. O que se constatou, portanto, foi uma gigantesca ampliação da quilometragem férrea. Em 1870, havia 85 mil km de estradas de ferro nos Estados Unidos, que foram expandidas para 262 mil km até 1890, chegando a 406 mil km em 1916, ano em que a rede ferroviária alcançaria o seu tamanho máximo, seu ápice.

É nessa situação que entram os *hoboes*. A origem do termo ainda é incerta. Há quem diga que o nome é uma corruptela de *hoe-boy*, o ajudante na fazenda. Outros, que é derivado da saudação *Ho, boy!* Ainda existe a teoria de que a palavra vem de outro cumprimento, *Ho, beau!*, ou quem sabe até a abreviação de *homeward bound*. Alguns estudiosos chegam a dizer que *hobo* pode ter surgido em Manhattan, por causa da interseção das linhas de Houston e Bowery, justamente onde os vagabundos costumavam se encontrar. E ainda há quem afirme que o termo pode ser derivado da cidade de Hoboken, Nova Jersey, local de chegada de diversas linhas de trens na época. O fato é que, seja como for, os *hoboes* tornaram-se, no final do século XIX, figuras emblemáticas da cultura alternativa norte-americana. É bom lembrar que, enquanto em português o termo "vagabundo" é bastante pejorativo e não apresenta muitas variantes, em inglês possui diversos significados. Ou seja, há várias palavras específicas para designar diferentes tipos de vagabundos, algumas mais simpáticas e outras com uma maior carga de preconceito. Por isso, enquanto os *vagabonds, hoboes* e *tramps* podem até ser vistos como indivíduos românticos, livres e andarilhos, os *bums* sempre são considerados como párias, como os piores tipos de vadios. Essa diferença deve sempre ser lembrada quando se fala dos vagabundos itinerantes naquele país.

Foram o estilo de vida livre e a busca pela aventura que levaram o jovem London a pegar a estrada. Ele nasceu no dia 12 de

11

janeiro de 1876, em San Francisco, Califórnia, filho do astrólogo William Henry Chaney e da espírita Flora Wellman, um casal que nunca contraiu matrimônio oficialmente e que viveu junto por pouco tempo. A mãe, oito meses depois do nascimento de Jack, se casou com o trabalhador migrante e agricultor John London, que daria ao menino seu sobrenome.

Quando criança, Jack viveu por três anos num rancho em San Mateo, na Califórnia, em condições extremamente duras (chegando a passar fome), mudou de casa cinco vezes e depois foi residir em Oakland, no mesmo estado. Estudou na Cole Grammar School, mas era tão pobre que não pôde participar da cerimônia de formatura do ginasial, por não ter uma roupa decente para vestir na ocasião. Foi obrigado a largar o colégio em seguida, por falta de dinheiro para pagar as mensalidades.

Trabalhou como entregador de jornais, como faxineiro, arrumador de pinos de boliche e, depois, numa fábrica de enlatados, a Hickmott's Cannery, na rua Myrtle (na parte oeste da cidade), um antigo estábulo abandonado, insalubre, onde crianças costumavam suar a camisa por pelo menos dez horas por dia, a dez centavos a hora. A jornada laboral de Jack, contudo, era ainda mais longa, em média, quatorze horas diárias (ele chegou, certa vez, a operar sua máquina por 36 horas seguidas, sem descanso). Todo o salário que ganhava ia para a mãe e o padrasto.

Aos dezesseis anos, cansado desse tipo de vida, que não levava a lugar nenhum e só acabava com sua juventude, largou o emprego, comprou de um dos mais velhos "bucaneiros" locais, French Frank (então com cinquenta anos de idade), a chalupa Razzle Dazzle por trezentos dólares (com dinheiro emprestado) e transformou-se então num "pirata de ostras". Foi aí que se tornou amigo de marginais e golpistas como Spider Healey, Big George, Young Scratch Nelson, Whiskey Bob e Nicky, o "Grego". Ficaria conhecido em sua região como "príncipe dos piratas de ostras". Enquanto roubava as *oyster beds*, também lia, nas horas livres, clássicos da literatura universal que pegava emprestado na biblioteca local.

Depois de alguns meses naquela atividade, iria mudar de rumo e ingressar na Fish Patrol, a patrulha marítima que havia

A ESTRADA

sido criada em 1883 para combater, prender e multar os "corsários" europeus e norte-americanos, assim como pescadores ilegais argivos e chineses (em busca, principalmente, de camarões e salmão) que atuavam na baía. Sua tarefa seria a de perseguir seus antigos "colegas" do mar.

Nessa época, London já começava a beber pesado em bares (principalmente o Johnny Heinold's First and Last Chance Saloon, na rua Webster) com homens mais velhos, penetrando no mundo "emocionante" dos portos, no qual brigas, discussões e até assassinatos eram frequentes. A bebida o acompanharia pelo resto de seus dias.

Quando finalmente largou a Fish Patrol, Jack teve seu primeiro contato com os *road kids* (os jovens vagabundos que passavam o tempo juntos, viajando e esmolando em diferentes cidades), que o apelidaram de *Sailor Kid* e o aceitaram como um dos seus. É nessa época que ele irá tomar gosto pelas aventuras na Estrada, aprenderá a mendigar e a roubar, e desenvolverá todo um novo vocabulário de gírias das ruas.

Mais mudanças, contudo, viriam para o jovem Jack. Sempre inquieto, dessa vez decide embarcar no Sophia Sutherland, um navio de caça a focas, permanecendo durante sete meses em alto-mar, visitando as ilhas Bonin e Yokohama.

Logo após seu retorno, em agosto de 1893, seus ânimos se levantaram momentaneamente. Em novembro, enviou, por insistência de sua mãe, um ensaio descritivo para um concurso literário do jornal *San Francisco Call* (na época, *The Morning Call*) e ganhou 25 dólares pelo primeiro prêmio, por decisão unânime dos cinco juízes daquele periódico. Sua narrativa "Typhoon off the Coast of Japan", baseada em suas experiências no Sophia Sutherland, foi imediatamente publicada, estimulando o jovem autor a enviar novos textos. Mas não conseguiu emplacar mais nenhum material seu naquele jornal e viu-se obrigado a procurar emprego novamente. Dessa vez, trabalhou numa fábrica de juta e numa usina geradora de energia. Mas estava cansado de ser explorado.

Assim, em 1894, jogou tudo para o alto e decidiu colocar o "pé na estrada". Viajaria pelo Canadá e pelos Estados Unidos de trem, uma jornada que seria minuciosamente anotada a lápis num

13

diário de 83 páginas e mais tarde relatada em seu livro *A Estrada*. Naquele ano, a crise econômica sem precedentes que assolava os Estados Unidos quebrava bancos, levava centenas de empresas à falência, provocava greves violentas em diversas cidades e produzia massas de desempregados em todos os cantos do país. Só em San Francisco havia 35 mil homens sem trabalho. Exércitos de esfomeados, liderados por Jacob Sechler Coxey, marchavam a Washington para pressionar o governo a liberar 500 milhões de dólares para investimentos na construção de estradas, com o objetivo de criar milhares de empregos. Pela proposta, os proletários receberiam um dólar e meio por hora, com uma jornada de oito horas de trabalho por dia. A própria American Federation of Labor (AFL) apoiava essas medidas.

Coxey, empresário conhecido, dono de uma pedreira em Massillon, Ohio, e membro do Partido Populista, encabeçava seus "soldados" proletários, chamados de "Commonweal of Christ", usando técnicas teatrais: seus homens marchavam pelos Estados Unidos em formação militar, carregando bandeiras e estandartes, enquanto seus líderes, vestidos a caráter, iam à frente das "tropas", montados em cavalos reluzentes. Em San Francisco, quem primeiramente organizou os trabalhadores para tal evento foi o "coronel" William Baker, que logo deu lugar ao general Charles T. Kelly, um jovem gráfico e militante operário (sem nenhuma experiência militar) que pretendia cruzar todo o território norte-americano de trem, gratuitamente, com 2 mil homens, para, enfim, se unir a Coxey na Costa Leste, do outro lado do país. Ao todo, 10 mil desempregados marcharam, de todas as partes, para a capital.

Jack decidiu se juntar aos homens de Kelly, mas se atrasou. Quando chegou ao local combinado, na manhã do dia 6 de abril, descobriu que o general havia sido expulso algumas horas antes pela polícia com a multidão que liderava, rumo a Sacramento, Califórnia. Com a experiência na Estrada que ganhara com os *road kids* dois anos antes e com apenas dez dólares no bolso, emprestados pela irmã de criação Eliza, resolveu ir até lá. Há quem diga que ele pagou pela passagem, enquanto outros afirmam que teria ido escondido num trem. De qualquer forma, ao chegar a seu

A ESTRADA

destino, se deu conta, mais uma vez, que o grupo havia acabado de partir, agora para Ogden, Utah. Acompanhado de outro aventureiro, Frank Davis, pulou no Overland Limited até Truckee, na Califórnia. Viajou clandestinamente por algumas horas, até ser expulso pelos guarda-freios do trem. No meio da noite, na completa escuridão, seu colega conseguiu pegar o próximo expresso, mas Jack ficou para trás. Subiu ilegalmente no cargueiro seguinte, que se dirigia para Reno, Nevada. Lá, viu outro "destacamento" de Kelly se formando. Mas preferiu ir em frente, primeiro num vagão de portas laterais até Wadsworth, Ohio, e depois, dentro da cabine de uma locomotiva até as quatro horas da madrugada. Em seguida, continuou na plataforma traseira de um vagão de carvão. Encontrou Frank em Winnemucca, Nevada, e subiram juntos em mais uma composição. Foi aí que seu amigo desistiu e Jack acabou continuando sozinho sua jornada.

Dez dias depois de partir de Oakland, London entrou num vagão frigorífico durante uma nevasca nas montanhas rochosas, onde se encontravam 84 homens sujos e maltrapilhos, todos apertados dentro do carro fechado. Um deles, em particular, tornou-se um excelente companheiro de vagabundagem: era o Sueco. Para passar o tempo e se manter aquecidos, contavam piadas, e tomavam café e uísque. Com muito bom humor, London atravessou vastos territórios com toda aquela turba de simpáticos desordeiros, seguiu para Omaha, Nebraska, e depois, para Council Bluffs, Iowa, sempre escorraçado de cada cidade pela polícia local.

O futuro escritor não desistiu dos homens de Kelly e continuou em seu encalço. Depois de caminhar cerca de quinze quilômetros numa chuva torrencial com o Sueco, os dois, encharcados, entraram num *saloon* itinerante, completamente vazio, abandonado, congelante, e passaram uma das piores noites de suas vidas. De manhã, após mendigar por um café da manhã, London finalmente encontrou a retaguarda do "Primeiro Regimento do Exército Industrial de Reno" em Chautauqua Park. Eram 1,6 mil homens acampados no meio da lama, em volta de pequenas fogueiras, todos sujos e desanimados. A idade mínima para participar do grupo era de vinte anos. Jack tinha dezoito, era pequeno (apenas 1,70 m de altura), possuía pulsos finos (apesar do corpo robusto) e uma pelugem incipiente no rosto de menino. Mesmo assim, acreditaram que fosse mais velho. Conseguira finalmente se unir ao "regimento"!

O grupo partiu para Weston e depois para Des Moines, Iowa. Quando as companhias ferroviárias proibiram o uso de seus vagões pelo Exército de Kelly, enviando agentes da Pinkerton para coibir qualquer tentativa de abordagem nos trens, os contingentes foram obrigados a marchar a pé.

Exausto e desapontado, London se afastava frequentemente do grupo para mendigar em cidades próximas. Sempre voltava com as mãos cheias de comida. Depois, reunia-se com homens para conversar. Foram nessas ocasiões que ouviu pela primeira vez sobre o socialismo e a luta de classes.

Mas o exército estava, aos poucos, se desintegrando. Brigas entre as lideranças – principalmente entre um dirigente socialista de San Francisco, George Speed, e o general Kelly, disputando o mando da "tropa" – e a precária situação física e emocional dos "soldados" tornavam a marcha cada vez mais difícil. Deserções eram frequentes.

Como estava complicado completar a viagem daquela forma, o general Weaver, líder do Partido Populista, teve a ideia de transportar os homens em barcas pelo rio Des Moines, até chegar aos rios Mississippi e Ohio, para então desembarcar a poucas centenas de quilômetros da capital. A sugestão foi aceita e Jack, convidado a ajudar. Mas, cansado de seguir ordens e em busca de liberdade, juntou-se a outros nove desgarrados e seguiu à frente do restante dos barcos, encostando nas margens antes da "retaguarda" para "requisitar" para si comida e suprimentos. Sempre pedia para as comunidades ribeirinhas o que elas tinham de bom e de melhor. O resto da "tropa", atrasada, que só pegava as sobras, chegava a passar fome. E tudo por causa daqueles "piratas"! O general Kelly, como se pode imaginar, não gostou nem um pouco daquilo...

Depois de mais aventuras nos rios, Jack, como muitos participantes da marcha, decidiu seguir seu caminho por conta própria. Para London, um individualista exacerbado, era difícil acatar

A ESTRADA

ordens e ser obrigado a manter uma disciplina militar. Além disso, Kelly enviou homens à frente para precaver as comunidades por onde os barcos fossem passar que havia renegados se apropriando da comida do exército sem autorização. Por isso, por 36 horas seguidas, os "piratas" não conseguiram mais alimentos. Era uma situação desesperadora.

Jack, faminto, largou seus amigos em Hannibal, Missouri, pegou o expresso para Jacksonville, Flórida, em seguida, um trem de passageiros de Kansas City para Mason City, e depois outro, de transporte de gado, para Chicago. Lá, ele encontraria, na sede dos correios, alguns dólares enviados por sua mãe (quatro, cinco ou sete, dependendo da fonte), que havia prometido mandar dinheiro ao filho para as cidades por onde ele fosse passar. O futuro escritor comprou roupas usadas e sapatos, fez a barba, comeu uma refeição decente, passou duas noites (a quinze centavos cada) nos alojamentos do Exército da Salvação, foi ao teatro e passeou pela área da Feira Mundial, que havia ocorrido no ano anterior. Depois, seguiu para St. Joseph, do outro lado do lago Michigan, para procurar sua tia materna, Mary Everhard, que ainda não conhecia. Foi tão bem recebido que ficou algumas semanas descansando. Passava o tempo contando vantagem, narrando suas aventuras no mar e falando sobre seu texto publicado. Ela o tratava com a maior admiração, enquanto seus filhos (os primos de Jack) o detestaram. Para eles, o jovem London não era um herói, mas sim um preguiçoso, um parasita, que não ajudava em nada na casa, comia sem parar e ainda recebia o afeto de sua mãe, que o elogiava constantemente. Mais tarde, Jack daria o nome de um de seus primos, Ernest Everhard, ao protagonista de seu romance *O Tacão de Ferro*[*].

Depois de sua estada na casa da tia, London seguiu viagem, sempre clandestino, em vagões postais, saltando dos trens no meio da noite, correndo ao longo dos trilhos, sendo perseguido por guarda-freios, agarrando-se nas escadas dos comboios, pendurando-se nas laterais, equilibrando-se nos tetos das com-

---

[*] *O Tacão de Ferro* (trad. Afonso Teixeira Filho, São Paulo, Boitempo Editorial, 2003). (N. E.)

posições, escondendo-se perigosamente na parte de baixo, nos eixos, rente aos trilhos, mantendo-se isolado nas plataformas dos *blind-baggages*, lutando com policiais ou mendigando com os vagabundos que conhecia pelo caminho. Foi para Montreal e Ottawa, no Canadá, Nova York, Boston, Pittsburgh e Baltimore, nos Estados Unidos. Em certa ocasião, viu de perto como as crianças eram tratadas brutalmente pelos chefes de um acampamento de ciganos miseráveis. As cenas na Estrada certamente o marcavam e apuravam seu senso de justiça social. Em Nova York, percebeu a miséria nas ruas, as diferenças de classe, o tratamento que era dispensado aos mais pobres. Durante as tardes, passava o tempo lendo livros estragados (refugos das editoras) e tomando leite no parque em frente à Prefeitura. Certa vez, depois de uma grande confusão na rua, quase foi preso pela polícia. Teve de correr a valer para escapar dos homens da lei.

Alguns dias mais tarde, seria detido de fato pelas autoridades. Em 29 de junho de 1894, quando andava sozinho, nas ruas desertas de Niagara Falls, bem cedo pela manhã, foi "grampeado" pela polícia, algemado, levado para a delegacia e julgado, junto com dezesseis outros vadios. Num processo sumário, foi condenado pelo juiz Charles Piper a trinta dias de prisão, sem direito a um advogado, testemunhas ou apelação. Recebeu a dura sentença apenas por não poder provar que estava hospedado num hotel. Ou seja, teria seu cabelo e incipiente bigodinho raspados, ganharia roupas listradas de presidiário e ficaria trancafiado por um mês inteiro, obrigado a realizar trabalhos forçados, somente por não ter dinheiro, por ser considerado um mendigo.

Jack aprendeu rápido como era a vida na prisão. Tornou-se um homem de pavilhão, indivíduo com certa autoridade lá dentro. Isso porque ficou amigo de um presidiário influente. Para sobreviver na penitenciária do Condado de Erie, em Buffalo, Nova York, teria de "dançar segundo a música", aceitar ordens, respeitar guardas e condenados com prestígio interno, evitar se meter em confusão e se unir aos "opressores", se fosse o caso, espancando, extorquindo e roubando outros prisioneiros. Era a lei da sobrevivência, do mais forte. As prisões nos Estados Unidos eram, afinal de contas, instituições extremamente perigosas para jovens como ele. Todos os tipos de bandidos, psicopatas e marginais podiam ser encontrados nelas. Os estupros grupais de rapazes como ele eram muito frequentes. Jack já havia sido preso em outra ocasião, por apenas três dias, por fazer arruaças e participar de brigas de rua com os *road kids*, alguns anos antes. Mas nada que se comparasse aos horrores daquela penitenciária.

Depois de um mês, foi finalmente libertado. Sua revolta contra o sistema penal dos Estados Unidos e contra a forma como a justiça classista era administrada em seu país só aumentou naquela época, ainda que, ao sair da prisão, assustado com tudo o que presenciara, não falou nada e preferiu seguir para bem longe dali o mais rápido que pudesse. Foi para Buffalo, mendigou na rua principal com outro marginal que havia acabado de ser solto, tomou cervejas num bar e depois fugiu, sozinho, em outro trem.

Continuou sua viagem pela Costa Leste, onde conheceu vagabundos bastante politizados, bem diferentes dos *road kids* que estava acostumado a encontrar. Muitos deles eram operários desempregados em busca de trabalho, sindicalistas e até mesmo militantes de partidos políticos. Um deles passou dois dias seguidos discutindo Karl Marx, Immanuel Kant e Herbert Spencer com ele. Outro desses vadios, Frank Strawn-Hamilton, de acordo com o próprio Jack, era um "gênio" e um "socialista". Foi nessa época que London de fato se tornou socialista.

Depois, seguiu seu caminho por quase 8 mil quilômetros de ferrovias do Canadá até a Costa Oeste. Em Vancouver, pegou o barco a vapor Umatilla, no qual trabalhou como marinheiro, até chegar de volta a Califórnia. Após sete meses de aventuras, London retornou a casa.

Durante toda a sua viagem, consumiu bebidas alcoólicas apenas ocasionalmente, sem excessos. Mais tarde, voltaria a beber pesado. Mas o hábito que ganhou na Estrada de mascar tabaco, para anestesiar a boca por causa das dores causadas por dezenas de cáries, praticamente acabou com seus dentes, deixando muitos deles completamente apodrecidos. Em seu retorno, colocou obturações e arrancou boa parte da dentição, pondo próteses no lugar. Só aí comprou sua primeira escova de dentes. Também teve dificuldades quando voltou a estudar. Seus novos colegas da escola eram crianças comparados a ele, mais maduro e acostumado a conviver com adultos, vagabundos e marginais que conhecera em suas aventuras. Não gostou de seu novo ambiente. Mas agora possuía uma nova atitude em relação à vida. E já decidira que queria mesmo ser um escritor.

Ainda que sua jornada na Estrada tenha ocorrido em 1894, quando estava com apenas dezoito anos, Jack só escreveria as histórias que compõem *A Estrada* anos mais tarde. Sua primeira intenção era a de produzir um livro em parceria com seu amigo Frank Strawn-Hamilton, no qual contaria, com maior sinceridade e detalhes, a vida dura e sórdida nas prisões e nas linhas ferroviárias dos Estados Unidos. Mas o livro nunca foi feito dessa forma.

London chegou a discutir com seu editor, George Brett, da Macmillan Company, se deveria, de fato, publicar aqueles textos. Tinha receio de que pudessem causar polêmica e prejudicar a venda de seus outros livros. Decidiu ir em frente com o projeto, mas preferiu produzir uma obra "romanceada", tirando dela vários aspectos da vida e hábitos dos *hoboes,* inclusive o homossexualismo, muito comum entre eles. Afinal, aquele era um mundo essencialmente masculino. As mulheres, na maioria das vezes, não se atreviam a se envolver com aquele tipo de vida marginal. Na época, um em cada dez vagabundos itinerantes, dos 60 mil em todo o território dos Estados Unidos, era homossexual. Era comum que um homem mais velho, chamado de *jocker,* levasse consigo, em suas viagens, um *prushun,* em geral, um menino ou adolescente que lhe concedia favores sexuais em troca de proteção. Há vários relatos de estupros em grupo de meninos por gangues de vagabundos. Nas prisões, normalmente, a situação era ainda pior. London provavelmente presenciou muitas dessas cenas, que preferiu não incluir em sua obra. Há quem diga, inclusive, sem nenhuma comprovação testemunhal ou documental, que o próprio Jack tenha vivenciado na própria pele aquelas situações, ainda que ele insistisse com veemência que nunca havia tido qualquer relação com tais práticas.

As narrativas de *A Estrada* foram publicadas entre maio de 1907 e março de 1908 na revista *Cosmopolitan* e não seguem uma ordem cronológica. Decidimos manter a presente edição com a mesma sequência de relatos, exatamente como o autor organizou originalmente.

O texto "Pé na estrada" não saiu na *Cosmopolitan,* sendo incluído pela primeira vez apenas na edição da Macmillan. Alguns trechos de "Grampeado" e "Tiras" foram revisados ou incluídos pelo autor mais tarde, quando decidiu publicá-los em formato de livro.

A Estrada, como *O Tacão de Ferro,* recebeu críticas mornas da imprensa quando foi lançado, passando despercebido de grande parte dos literatos e jornalistas. Muitos chegaram a dizer que Jack deveria voltar a escrever histórias mais leves, para um público menos sofisticado. Alguns anos depois, contudo, os dois livros (escritos na mesma época) ganhariam legiões de leitores e admiradores, e seriam, cada qual em sua categoria, considerados verdadeiros clássicos de seu gênero.

O fato é que, logo após publicar *A Estrada,* London teve de responder a vários colegas e periodistas sobre o conteúdo do livro, considerado por alguns como demasiadamente forte. Ele argumentou, agressivamente, a um resenhista insatisfeito que "eu me tornei o que sou por causa de meu passado; e se eu me envergonhar de meu passado, logicamente devo me envergonhar do que aquele passado me tornou". Quando seu amigo, o poeta George Sterling, mostrou objeções à obra, Jack o acusou de estar permanentemente contaminado pelas nódoas da burguesia.

Mesmo que o livro tenha chocado a muitos leitores por suas cenas da Estrada e da prisão, ele foi, até certo ponto, "suavizado", algo que o autor admitiu apenas para algumas poucas pessoas, como o seu editor. Disse a Brett que "na verdade, está tudo escrito de uma maneira leve e jocosa. Só de vez em quando eu deslizei para as margens das coisas sérias". Em outras palavras, London certamente mostrou a verdade quando descreveu o mundo da marginalidade nos Estados Unidos, mas, sem dúvida, poderia ter mostrado mais. Talvez não quisesse assumir esse risco. Quem comparar seus diários de viagem com o livro poderá perceber a diferença de abordagem, de linguagem e de estilo narrativo.

Ainda assim, com todas as possíveis falhas e omissões, *A Estrada* é sem dúvida nenhuma um documento de época valiosíssimo e uma obra pioneira. Ela abriu caminho para um novo gênero literário e influenciou autores como Jack Kerouac, John Dos Passos, George Orwell e Ernest Hemingway. Por esse e por outros motivos, este é um livro que continua a ter seguidas edições em vários países. E que ainda mantém, de maneira geral, muita atualidade.

Os leitores brasileiros certamente se envolverão bastante com as histórias do jovem Jack London na Estrada. E poderão conferir por que este livro é definitivamente considerado um clássico moderno.

A ESTRADA

Para
JOSIAH FLYNT
Vagabundo Autêntico, Amigo do Peito

Speakin' in general, I'ave tried'em all,
The 'appy roads that take you o'er the world.
Speakin' in general, I'ave found them good
For such as cannot use one bed too long,
But must get' ence, the same as I'ave done,
An' go observin' matters till they die.

"Sestina of the Tramp-Royal".

CONFISSÃO

Há uma mulher no estado de Nevada a quem, certa vez, menti descaradamente por algumas horas. Não que eu queira me desculpar com ela. Longe disso! Mas desejo me explicar. Infelizmente, não sei o nome dela, muito menos seu atual endereço. Se por acaso ela ler estas linhas, espero que me escreva.

Foi em Reno, Nevada, no verão de 1892. Era época de feira e a cidade estava repleta de pequenos ladrões e vigaristas, para não falar de uma enorme e esfomeada horda de vagabundos. Foram justamente estes que colocaram aquele lugar em estado de sítio. Bateram em tantas casas que os cidadãos deixaram de lhes abrir as portas.

Uma cidade dura de "pedinchar", comentavam os mendigos. Deixei de comer muitas vezes, é verdade. Mas estava com eles nos bons e maus momentos, fosse na hora de pedir comida aos moradores ou de ganhar alguns trocados na rua.

Bem, passei por tantas dificuldades lá que, certo dia, driblei o cobrador na plataforma da estação ferroviária e invadi o vagão particular de um viajante milionário, num trem pronto para partir. Aproximei-me do ricaço enquanto o funcionário vinha logo atrás, prestes a me agarrar. Foi por um triz. Alcancei o milionário no mesmo instante que o outro homem me alcançou. Não havia tempo para formalidades.

– Me dê um *quarter** para eu comprar comida! – gritei.

---

* Moeda de 25 centavos de dólar. (N. T.)

Pois não é que o milionário meteu a mão no bolso e me deu... apenas... precisamente... um *quarter*!

Estou certo de que ele ficou tão estupefato que obedeceu automaticamente; desde então, me arrependo muito de não ter lhe pedido um dólar. Com certeza teria conseguido.

Pulei do trem enquanto o cobrador fazia o possível para chutar minha cara. Ele não conseguiu me acertar. Uma pessoa fica em terrível desvantagem quando tenta se jogar do degrau mais baixo de um vagão, sem quebrar o pescoço, e ao mesmo tempo um negro[*] enraivecido, na plataforma acima, tenta lhe acertar um chute na cara. Enfim, consegui a moeda de um quarto de dólar! Consegui!

Voltando à mulher a quem menti tão descaradamente... Foi na minha última noite em Reno. Eu tinha ido ao jóquei assistir a uma corrida de cavalos e, por isso, perdera meu almoço. Estava esfomeado. E, para completar, um comitê de segurança pública havia acabado de ser organizado para livrar a cidade de alguns pobres mortais famintos como eu. Muitos de meus irmãos vagabundos tinham sido agarrados pelos braços da lei, e eu já podia ouvir o chamado dos ensolarados vales da Califórnia, do outro lado dos cumes gelados das *Sierras*. Mas faltavam ainda duas coisas para eu fazer antes de sacudir a poeira de Reno da sola dos meus sapatos. Uma delas era pegar o expresso que seguiria para o Oeste aquela noite. A outra era conseguir algo para comer. Até mesmo um jovem como eu hesita em viajar de estômago vazio, noite adentro, num trem veloz, passando por abrigos contra avalanches, túneis e neve eterna das montanhas que quase chegam a tocar o céu.

Mas conseguir algo para comer era difícil. Fui mandado embora de uma dúzia de casas. Algumas vezes era insultado, diziam que eu estaria melhor atrás das grades. E o pior de tudo é que havia um fundo de verdade naquilo. Por esse motivo, eu partia para o Oeste aquela noite. John Law[**] andava ansiosamente pela

---

[*] London utiliza a palavra *Ethiopian*, literalmente "etíope", gíria para se referir aos negros. (N. T.)

[**] O mesmo que polícia. (N. T.)

cidade querendo colocar as mãos nos famintos e sem-teto que incomodavam os habitantes.

Em certas casas, os moradores batiam a porta com força na minha cara, cortando de forma brusca meu humilde pedido por comida. Numa delas, sequer abriram a porta. Fiquei em pé, na varanda, e bati; eles olharam para mim pela janela. Chegaram até mesmo a levantar um garotinho robusto nos braços, para que ele pudesse ver, sobre os ombros dos pais, o mendigo a quem não dariam nada para comer.

Comecei a achar que teria de recorrer aos mais pobres para conseguir alimento – estes são o último recurso de um vagabundo faminto. O resultado é garantido, sempre se pode contar com eles. Nunca mandam embora os que estão passando fome. Por todos os Estados Unidos, várias vezes me recusaram comida em grandes mansões, no topo da colina. Mas num casebre qualquer, à beira de um riacho ou de um pântano (com suas janelas quebradas, remendadas com trapos, e uma mãe de rosto cansado, esgotada pelo trabalho), sempre me deram de comer. Oh, vocês que vivem pregando a caridade! Aprendam com os pobres, pois apenas eles são generosos. Não dão sobras porque não as têm. Nunca regateiam o que possuem. Muitas vezes dão o pouco que podem, mesmo estando, eles próprios, muito necessitados. Jogar um osso a um cachorro não é caridade. Caridade é compartilhar o osso com o cão quando você está com tanta fome quanto ele.

Lembro-me de uma casa, em particular, de onde fui escorraçado aquela noite. As janelas da sala de jantar davam para a varanda e, através delas, vi um homem comendo uma torta – uma grande torta de carne. Fiquei em pé, diante da porta aberta, e enquanto ele falava comigo, não parava de mastigar. Era próspero, mas notava-se que tinha ressentimento contra seus semelhantes menos afortunados. Ele cortou abruptamente minha conversa, dizendo de supetão:

– Não acredito que você queira arrumar trabalho.

Naquele momento, aquilo era algo irrelevante, até porque eu não tinha dito nada sobre trabalho. O tema da conversa, que eu tinha proposto, era "comida". De fato, eu não queria trabalhar; queria era pegar o trem expresso para o Oeste aquela noite.

– Você não trabalharia mesmo se lhe dessem uma oportunidade – provocou.

Olhei para o rosto tímido da mulher dele e tive certeza de que, se não fosse por aquele Cérbero[*], eu ainda poderia ganhar um pedaço daquela torta. Mas o cão de guarda se atirou na empada, e percebi que deveria amansá-lo se quisesse ganhar um pedaço dela. Então, suspirei e fingi aceitar sua visão moralista em relação ao trabalho.

– É claro que quero trabalhar – blefei.

– Não acredito em você – respondeu, fungando.

– Então me arrume algo para fazer – respondi em tom desafiador, sustentando o blefe.

– Está bem – ele disse. – Venha à esquina da rua tal com a rua tal – já esqueci o endereço! – amanhã de manhã. Você sabe, lá onde fica o edifício incendiado. Vou colocar você para descarregar tijolos.

– Está certo, senhor, estarei lá.

O homem resmungou e continuou a comer. Esperei. Após alguns minutos, ele olhou com uma expressão no rosto do tipo "eu-achava-que-você-já-tinha-ido-embora" e perguntou:

– Então?

– Eu... Eu estou esperando algo para comer – respondi, gentilmente.

– Eu sabia que você não queria trabalhar! – vociferou.

Ele tinha toda razão, certamente; porém, deve ter chegado àquela conclusão por leitura de pensamento, e não por raciocínio lógico, algo que lhe faltava. Mas aquele que mendiga de porta em porta deve ser humilde. Por isso, concordei com sua lógica, assim como havia aceitado sua lição de moral.

– Veja bem, estou com fome agora – insisti, ainda de modo amável. – Amanhã de manhã estarei com mais fome ainda. Ima-

---

[*] O cão de Hades, na mitologia grega, que possuía cinquenta cabeças na interpretação de Hesíodo e três, de acordo com outros autores. Ficava postado na entrada do inferno. (N. T.)

gine como não estarei depois de descarregar tijolos o dia todo, de estômago vazio. Agora, se você me der algo para comer, estarei em ótima forma para trabalhar.

Ele considerou seriamente o meu pedido, sem parar de mastigar, enquanto a esposa, trêmula, quase se atrevia a falar em minha defesa. Mas não o fez.

– Vou lhe dizer o que farei – disse com a boca cheia. – Você vem trabalhar amanhã e, ao meio-dia, lhe adianto o suficiente para seu almoço. Isso vai mostrar se você está sendo sincero ou não.

– Enquanto isso... – comecei a frase.

Mas ele interrompeu.

– Se eu lhe desse algo para comer agora, nunca mais o veria de novo. Ah, conheço gente do seu tipo! Olhe para mim. Não devo nada a ninguém. Nunca me rebaixei a ponto de pedir comida. Sempre ganhei meu pão. Seu problema é ser preguiçoso e relaxado. Dá para ver isso na sua cara. Sempre trabalhei e fui honesto. Foi assim que me tornei quem sou. E você pode fazer o mesmo se trabalhar e for honesto.

– Como você? – perguntei.

Nunca um lampejo de humor deve ter penetrado o espírito sombrio daquele homem embrutecido pelo trabalho.

– Sim, como eu – respondeu.

– Todos nós? – perguntei.

– Sim, todos vocês – respondeu, a convicção vibrando na voz.

– Mas, se todos nós nos tornássemos como o senhor – falei –, me permita dizer que não haveria ninguém para descarregar tijolos para você.

Juro que percebi um brilho irônico no olhar da esposa dele. Já o homem ficou pasmo... no entanto, jamais saberei se foi por meu atrevimento ou pela assustadora possibilidade de uma humanidade reformada que não mais descarregasse tijolos para ele.

– Não vou perder meu tempo com você! – urrou. – Saia daqui, seu garoto mal-agradecido!

Arrastei meus pés para mostrar minha intenção de partir e perguntei:

– Mas não vou ganhar nada para comer?

Ele se levantou de repente. Era um homem grande. E eu, um estranho numa terra estranha, com a polícia atrás de mim. Fui embora correndo. "Mas por que eu seria mal-agradecido?", eu me perguntava enquanto batia com força o portão. "Por que eu seria ingrato para alguém a quem não devia nada?" Olhei para trás. Ainda podia vê-lo à janela, havia voltado a comer sua torta.

Àquela altura, eu tinha perdido a coragem. Passei por muitas casas sem me atrever a me aproximar. Todas pareciam iguais, e nenhuma tinha um ar "amistoso". Depois de andar meia dúzia de quarteirões, deixei de lado meu abatimento e retomei alento. Aquela mendicância era um jogo, e se eu não gostasse das cartas poderia pedir uma nova rodada. Decidi tentar a sorte na casa seguinte. Aproximei-me dela antes do cair da noite, entrando pelo lado, até a porta da cozinha.

Bati suavemente e, assim que vi a face gentil da mulher de meia-idade que me atendeu, como por inspiração, me veio à cabeça a "história" que eu iria lhe contar. Afinal, o sucesso do mendigo depende da habilidade de contar uma boa história.

No primeiro instante, o mendigo deve "avaliar" a vítima. Em seguida, deve contar uma história que "tocará" sua personalidade e seu temperamento peculiares.

E aqui surge a grande dificuldade: no momento em que está avaliando a vítima, deve começar, imediatamente, a contar sua história. Nenhum minuto a mais é permitido para preparação. Como num flash de luz, ele deve adivinhar a natureza da vítima e conceber um enredo que irá direto ao coração.

O vagabundo de sucesso deve ser um artista. Precisa criar, de forma espontânea e instantânea (sem recorrer a algum tema tirado da própria imaginação), uma narrativa sobre algo que vê no rosto de quem abre a porta, seja homem, mulher ou criança, simpático ou antipático, generoso ou sovina, bondoso ou perverso, judeu ou pagão, negro ou branco, racista ou fraternal, provinciano ou cosmopolita, ou qualquer outra coisa. Muitas vezes, penso que devo meu sucesso como escritor a esse treinamento dos meus dias de vagabundo. Para conseguir um prato de comida, me via obrigado a contar histórias que soassem verdadeiras. Na porta dos fundos, por uma necessidade inexorável, se desenvolve um

A ESTRADA

poder de convicção e sinceridade equiparável àquele das maiores autoridades na arte de contar histórias. Também acredito que foi meu aprendizado na indigência que me tornou um realista. O realismo é a única coisa que se pode trocar na porta da cozinha por um prato de comida.

Afinal, a arte não é nada mais que um artifício consumado, e o artifício dá credibilidade a muitas "histórias". Lembro-me de ter mentido quando estava detido numa delegacia de polícia em Winnipeg, Manitoba. Eu rumava para o Oeste, no Canadian Pacific. É claro que os policiais queriam ouvir minha história, e eu a contei... naquele exato momento. Eram gente do interior vivendo no coração do continente. O que poderia ser melhor do que lhes narrar uma história do mar? Desse modo, nunca poderiam me pegar em falso. Assim, contei a triste história de minha vida no infernal navio Glenmore (eu havia visto, certa vez, o Glenmore ancorado na baía de San Francisco).

Eu lhes disse que era um grumete inglês, ao que comentaram que eu não parecia um garoto britânico ao falar. Tive de inventar algo no mesmo instante. Eu nascera e fora criado nos Estados Unidos. Após a morte de meus pais, fui mandado para a casa de meus avós, na Inglaterra, e eles me colocaram como aprendiz no Glenmore. Espero que o capitão daquele navio me perdoe pelo caráter que lhe atribuí naquela noite, na delegacia de polícia de Winnipeg. Quanta crueldade! Quanta brutalidade! Quanto talento diabólico para a tortura! Aquilo tudo explicava por que eu desertara do Glenmore em Montreal.

Mas por que eu estava no meio do Canadá rumando para o Oeste, quando meus avós viviam na Inglaterra? Na mesma hora, inventei uma irmã casada que vivia na Califórnia. Ela cuidaria de mim. Descrevi longamente sua natureza amável. Mas eles não estavam satisfeitos, aqueles policiais de coração de pedra. Eu tinha embarcado no Glenmore, na Inglaterra; nos dois anos que se passaram antes da minha deserção em Montreal, o que o Glenmore tinha feito? Por onde havia passado? Foi aí que levei aqueles "marinheiros de primeira viagem" para dar uma volta ao mundo em minha companhia. Fustigados por mares encrespados e salpicados de espuma, enfrentaram um ciclone

31

comigo perto da costa do Japão; carregaram e descarregaram ao meu lado em todos os portos dos Sete Mares; eu os levei à Índia, a Rangoon e à China; fiz com que quebrassem o gelo sobre as águas, em torno do cabo Horn; e finalmente aportamos juntos em Montreal.

Foi quando me disseram para esperar um momento; um deles penetrou a escuridão da noite enquanto fiquei me aquecendo junto ao fogão, me esforçando para antever a armadilha em que iriam me jogar.

Gemi quando vi aquele homem entrar pela porta seguindo o policial. Não usava as duas pequeninas argolas de ouro nas orelhas por estar fantasiado de cigano. Sua pele curtida como couro enrugado não se tornara daquele modo por causa dos ventos das pradarias; nem havia ganhado aquele jeito de andar balançado nas encostas das montanhas sob rajadas de neve. Naqueles olhos que me fitavam, vi o inconfundível brilho do mar. Ali estava o tema (ai de mim!) que meia dúzia de policiais queria me ver narrar... Eu, que nunca havia velejado pelos mares da China, nem dobrara o cabo Horn, nem nunca colocara meus pés na Índia ou em Rangoon.

Eu estava desesperado. O desastre se afigurava diante de mim, encarnado na forma daquele filho do mar, com brinco de ouro e a cútis curtida pelas intempéries. Quem seria ele? Que tipo de pessoa? Tinha de decifrá-lo antes que ele pudesse me decifrar. Precisava tomar uma nova direção ou aqueles policiais malvados me mandariam para uma cela, depois para uma corte policial e, em seguida, para outras prisões. Se ele me questionasse primeiro, antes que eu soubesse o quanto ele sabia, estaria perdido.

Mas, naquela enrascada, teria eu demonstrado àqueles guardiões do bem-estar público de Winnipeg, que me olhavam com olhos de lince, qual era a minha verdadeira situação? De jeito nenhum. Cumprimentei alegre e radiante aquele marinheiro envelhecido, simulando o mesmo alívio que sentiria um homem se afogando ao encontrar uma boia, em sua última e desesperada tentativa de se agarrar a algo. Ali estava alguém que me compreenderia e que confirmaria minha verdadeira história para aqueles sabujos ignorantes. Ou, pelo menos, isso era o que eu

A ESTRADA

esperava. Grudei nele. Bombardeei-o com perguntas sobre sua vida. Diante dos meus juízes, exaltaria o caráter de meu salvador antes que ele me salvasse.

E era um marinheiro gentil e fácil de enganar. Os policiais iam ficando impacientes enquanto eu o questionava. Por fim, um deles mandou que me calasse. Obedeci, mas enquanto permaneci quieto me mantinha ocupado imaginando o cenário do próximo ato. Já sabia o suficiente para continuar com aquilo: o marujo era francês; sempre estivera em navios mercantes franceses, com exceção de uma só viagem num *lime-juicer**; e, por último – bendito seja! –, ele não havia estado no mar por vinte anos.

O policial o urgiu a me examinar.

– Você fez escala em Rangoon? – perguntou.

Assenti.

– Deixamos nosso terceiro imediato por lá. Febre.

Se ele tivesse me perguntado que tipo de febre, teria respondido que era de "enterite", ainda que não tivesse a menor ideia do que fosse aquilo. Mas não me questionou. Em vez disso, sua próxima pergunta foi:

– E como é Rangoon?

– É bom. Choveu muito quando estávamos lá.

– Você conseguiu uma liberação para desembarcar?

– Claro – respondi. – Três de nossos grumetes saíram juntos.

– Você se lembra do templo?

– Qual templo? – indaguei, tentando ganhar tempo.

– O grande, no alto da escadaria.

Se eu tivesse me lembrado do templo, sabia que teria de descrevê-lo. E aí estaria em apuros.

Disse não com a cabeça.

– Pode-se vê-lo de qualquer ponto do porto – informou. – Não é preciso ir a terra para vê-lo.

Nunca amaldiçoei tanto um templo em toda minha vida. Mas dei um jeito neste templo de Rangoon em seguida.

---

* Esta era a designação de navios ingleses por causa do costume de exigir aos marinheiros que chupassem limões para a prevenção de escorbuto. (N. T.)

– Não se pode vê-lo do porto – eu o contradisse. – Não se pode vê-lo da cidade. Nem se pode vê-lo do topo da escadaria. Porque... – fiz uma pausa para criar o efeito. – Porque não há nenhum templo lá.

– Mas eu o vi com meus próprios olhos! – gritou.

– Isso foi em que ano? – perguntei.

– 71.

– Foi destruído no grande terremoto de 1887 – expliquei. – Era muito antigo.

Houve uma pausa. O marinheiro tentava reconstruir, por trás de seus velhos olhos, a imagem que tinha, quando ainda era jovem, daquele belo templo à beira-mar.

– A escadaria ainda está lá – ajudei-o. – Pode-se vê-la de todo o porto. E lembra-se daquela ilhota do lado direito vindo do porto?

Deve ter havido uma lá (eu estava preparado para mudá-la para o lado esquerdo), já que ele concordou com a cabeça.

– Não existe mais – eu disse. – Está coberta por sete braças de mar agora.

Eu tinha ganhado um momento para respirar. Enquanto ele ponderava sobre todas as mudanças ocorridas ao longo dos anos, preparei os retoques finais de minha história.

– Lembra-se da aduana de Bombaim?

Ele se lembrava.

– Foi completamente destruída por um incêndio – anunciei.

– Recorda-se de Jim Wan? – ele me perguntou.

– Morreu – eu disse. (Mas quem diabos seria Jim Wan eu não tinha a menor ideia.)

Era como se eu andasse sobre gelo fino outra vez.

– Lembra-se de Billy Harper, em Xangai? – contra-ataquei rapidamente.

Aquele velho marinheiro se esforçou para se recordar, mas o Billy Harper de minha imaginação estava além de sua memória fraca.

– É claro que você se lembra dele – insisti. – Todo mundo o conhece. Ele está lá há quarenta anos. Bem, ele ainda está lá.

A ESTRADA

E então o milagre aconteceu. O marinheiro se lembrou de Billy Harper. Talvez houvesse de fato um Billy Harper, e, quiçá, tivesse vivido em Xangai por quarenta anos, e ainda estivesse lá, mas era novidade para mim.

Por mais meia hora, continuamos a mesma conversa. Ao final, ele disse ao policial que eu era quem dizia ser. E depois de pernoitar por lá e de tomar o café da manhã fui liberado para viajar para o Oeste, para procurar minha irmã casada em San Francisco.

Mas, voltando à mulher de Reno que abriu sua porta para mim ao cair da noite... Logo que vi sua face bondosa, compus meu personagem. Tornei-me um garoto meigo, inocente e desafortunado. Mal conseguia falar. Abri minha boca para dizer algo, mas hesitei. Nunca em minha vida chegara a pedir comida a alguém. Meu constrangimento era doloroso, extremo. Estava envergonhado. Eu, que considerava a mendicidade uma fantasia divertida, tornara-me um verdadeiro filho de Mrs. Grundy*, esmagado por todo o seu moralismo burguês. Apenas a dureza da necessidade do estômago poderia me levar a fazer uma coisa tão ignóbil e degradante como mendigar por comida. E esforcei-me para emprestar ao meu rosto a palidez e a ansiedade de um jovem ingênuo e famélico, não habituado a esmolar.

Deixei-a falar primeiro.

— Meu pobre menino, você está faminto.

Meneei a cabeça e engoli em seco.

— É a primeira vez que... peço — balbuciei.

— Entre agora mesmo. — A porta se abriu escancaradamente. — Acabamos de comer, mas o fogo está aceso e posso preparar algo para você.

Ela me olhou de perto quando eu estava sob a luz.

— Quem me dera meu garoto fosse tão saudável e forte quanto você — ela disse. — Mas é fraco e às vezes cai. Ele caiu esta tarde mesmo e se machucou bastante, meu pobre querido.

---

* Personagem da peça teatral *Speed the Plow,* de Thomas Morton, produzida originalmente em 1789. Desde então, Mrs. Grundy apareceu em diversas outras peças na Inglaterra e tornou-se sinônimo de justeza, decoro, decência e boas maneiras. (N. T.)

Ela falava dele num tom maternal, com uma inefável ternura que eu próprio ansiava. Olhei-o. Estava sentado do outro lado da mesa, magro e pálido, a cabeça envolta em bandagens. Não se movia, mas seus olhos, brilhantes sob a luz da lamparina, estavam fixos em mim, num olhar parado e curioso.

– Exatamente como meu pobre pai – eu disse. – Ele tinha a doença da queda. Algum tipo de vertigem que intrigava os médicos. Nunca conseguiram descobrir qual era o seu problema.

– Ele morreu? – ela perguntou com meiguice, colocando diante de mim meia dúzia de ovos quentes.

– Morreu – respondi, engolindo em seco. – Duas semanas atrás. Eu estava com ele quando aconteceu. Atravessávamos a rua juntos. Ele caiu e nunca mais recobrou a consciência. Carregaram-no até uma drogaria, onde morreu.

A partir daí, desenvolvi toda uma história triste sobre meu pai. Contei como, depois da morte de minha mãe, ele e eu havíamos deixado a fazenda e ido a San Francisco; como sua pensão (era um velho soldado) e o pouco do outro dinheiro que lhe restara não eram suficientes; e como havia tentado vender livros para sobreviver. Também narrei meus próprios infortúnios, poucos dias após sua morte, sozinho e à deriva nas ruas de San Francisco. Enquanto aquela boa mulher esquentava os biscoitos, fritava bacon e cozinhava mais ovos, eu a observava lidando com tudo aquilo diante de mim e reforçava, com mais detalhes, a imagem de pobre garoto órfão. Tornei-me, de fato, aquele pobre garoto. Acreditei nele como acreditei nos belos ovos que estava devorando. Só me faltou chorar. Sei que as lágrimas correram em minha voz algumas vezes. Fui muito eficaz.

Na verdade, a cada retoque que eu adicionava ao quadro, aquela boa alma me trazia algo mais para comer. Preparou-me uma marmita para que eu levasse na viagem, com muitos ovos cozidos, pimenta, sal e outras coisas, assim como uma grande maçã. Deu-me três pares de grossas meias de lã vermelhas, lenços limpos e outras coisas das quais já me esqueci. E, quanto mais ela cozinhava, mais eu comia. Empanturrei-me como um selvagem, mas então vinha o distante chamado ao longo das *Sierras* e a viagem de trem – e eu não sabia quando ou onde conseguiria a próxima refeição.

A ESTRADA

Enquanto isso, como um espectro imóvel e silencioso, o filho desafortunado daquela senhora, sentado do outro lado da mesa, me olhava. Suponho que, para ele, eu representava mistério, romance e aventura – tudo aquilo que a frágil centelha de vida que nele tremulava o impedia de conseguir. E, ainda assim, eu não podia deixar de pensar, uma ou duas vezes, se ele viu, através de mim, o que se ocultava até o fundo do meu coração mendicante.

– Mas para onde você está indo? – ela me perguntou.

– Salt Lake City – respondi. – Tenho uma irmã lá, uma irmã casada – Tive dúvida se deveria fazer dela uma mórmon, e decidi que não – O marido dela é encanador, trabalha na construção civil.

Naquele instante me dei conta que encanadores contratados pela construção civil normalmente ganham muito dinheiro. Mas já havia falado. Agora tinha de dar uma explicação.

– Eles teriam me mandado dinheiro para a passagem se eu tivesse pedido – expliquei –, mas ficaram doentes e tiveram problemas nos negócios. O sócio dele o enganou. Por isso, achei melhor não escrever para lhes pedir isso. Sabia que poderia chegar lá de alguma maneira. Deixei que pensassem que eu tinha o suficiente para ir a Salt Lake City. Creio que algum dia trabalharei no negócio e aprenderei a profissão. Minha irmã é adorável... e tão bondosa. Sempre me tratou bem. Tem duas filhas mais novas que eu. Uma delas é ainda bebê.

De todas as irmãs casadas que distribuí pelas cidades dos Estados Unidos, aquela de Salt Lake City é a minha favorita. É a mais real, também. Quando falo, posso vê-la com as duas filhas e o marido encanador. É uma mulher morena, grande e maternal, quase gorducha – do tipo, você sabe, que sempre cozinha boas coisas e que nunca fica zangada. Já o marido é um sujeito quieto e boa-praça. De vez em quando, tenho a sensação de que o conheço muito bem. Quem sabe algum dia o encontre? Se aquele marujo envelhecido podia se lembrar de Billy Harper, não vejo motivo pelo qual eu não poderia algum dia encontrar o marido de minha irmã que vive em Salt Lake City.

Por outro lado, tenho a sensação de que nunca encontrarei em carne e osso meus muitos pais e avós... É que, invariavelmente, eu os matava. A doença cardíaca era minha maneira favorita de me livrar de minha mãe, ainda que, vez ou outra, eu tenha acabado com ela por meio de tuberculose, pneumonia ou febre tifoide. É verdade, como o policial de Winnipeg irá confirmar, que tenho avós vivendo na Inglaterra. Mas isso foi há muito tempo e é de se supor, a essa altura, que já estejam mortos. De qualquer forma, nunca me escreveram.

Espero que aquela mulher em Reno leia estas linhas e me perdoe a impostura e a insolência. Não peço desculpas porque não me arrependo. Foram a juventude, a alegria de viver, o gosto por adquirir experiência que me levaram até a porta dela. Isso me fez bem. Ensinou-me a intrínseca bondade da natureza humana. Espero que lhe tenha feito bem também. De qualquer forma, ela pode dar boas risadas agora que sabe os verdadeiros detalhes daquela situação.

Para ela, minha história era "verdadeira". Ela acreditou em mim e em toda minha família. E ficou cheia de preocupação com a perigosa jornada que eu iria fazer até chegar a Salt Lake City. Essa preocupação quase me levou ao desespero. Quando já estava partindo (carregando nos braços o farnel e com os bolsos abarrotados pelas gordas meias de lã), ela se lembrou de um sobrinho, tio ou parente qualquer que trabalhava no serviço de correios da ferrovia e que, além disso, chegaria naquela noite, no mesmo trem no qual eu, supostamente, tencionava entrar como clandestino. Era só o que faltava! Ela me levaria até a estação, contaria a ele minha história e o convenceria a me esconder no vagão postal. Assim, sem perigo ou dificuldade, eu seria levado direto a Ogden, a poucos quilômetros de distância de Salt Lake City. Meu coração afundou. Ela ficava excitada à medida que desenvolvia o plano. E, com o meu coração afundando cada vez mais, eu tinha que fingir alegria e entusiasmo ilimitados diante daquela solução para os meus problemas.

Grande solução! Porque, ainda que eu planejasse seguir para o Oeste naquela noite, ali estava eu, forçado a ir para o Leste. Era uma armadilha, e eu não tinha coragem de lhe dizer que tudo aquilo era uma terrível mentira. E, enquanto fazia com que ela acreditasse que eu estava contente, dava nós no meu cérebro para arrumar um jeito de escapar daquela. Mas não havia forma. Ela

A ESTRADA

me colocaria pessoalmente no vagão postal (ela mesmo disse isso) e seu parente me levaria até Ogden. Depois, eu teria de voltar o caminho todo, por centenas de quilômetros de deserto.

Mas a sorte estava do meu lado. Na hora em que ela se preparava para colocar o chapéu e me acompanhar, se deu conta de que tinha cometido um engano. O parente dos correios não estava escalado para vir naquela noite. Seu turno tinha sido trocado. Ele só viria duas noites mais tarde. Salvei-me, já que, é claro, a impaciência ilimitada da juventude nunca me permitiria esperar por aqueles dois dias. Otimista, lhe assegurei de que chegaria a Salt Lake City mais rápido se começasse imediatamente minha viagem e parti com suas bênçãos e votos de felicidade.

Mas aquelas meias de lã eram ótimas. Sei disso. Usei um par delas aquela mesma noite, no vagão dos correios do expresso que rumou para o Oeste.

CLANDESTINO

Exceto em caso de acidentes, um bom vagabundo, sendo jovem e ágil, pode viajar como clandestino num trem, apesar de todos os esforços da tripulação para "expulsá-lo" – considerando, é claro, que seja à noite. Quando um vagabundo, sob tais condições, decide que irá escondido em um vagão, das duas uma: ou tem êxito, ou fica entregue aos caprichos da sorte. A tripulação pode recorrer a qualquer coisa, até mesmo ao assassinato, para se livrar de um indesejado. Esta é uma crença comum no mundo da vadiagem. Porém, não tendo passado eu mesmo por essa experiência nos meus dias de vagabundagem, não posso confirmá-la.

Mas eis o que ouvi sobre as "más" estradas de ferro. Quando um vagabundo se encontra "embaixo", sobre os eixos de uma locomotiva em movimento, aparentemente não há forma de tirá-lo dali até que o trem pare. Um indivíduo escondido e bem protegido dentro do chassi (com as quatro rodas e toda a estrutura à sua volta) acha que está a salvo da tripulação... Ou assim pensa ele, até o dia em que viaje, nessas mesmas condições, numa estrada "má", ou seja, naquela onde, pouco tempo antes, um ou vários funcionários ferroviários foram mortos por vagabundos. Que os céus tenham pena de quem for pego lá "embaixo", em tal linha férrea! Isso porque certamente será apanhado, mesmo que a composição esteja indo a quase cem quilômetros por hora.

O guarda-freio leva uma cavilha de engate metálica e um pedaço de corda de sino para a plataforma, em frente ao eixo no qual o vagabundo está viajando escondido. Amarra a barra de ferro apertada à corda, pendura a primeira entre as plataformas e estica a segunda. A cavilha acerta os dormentes entre os trilhos, rebate contra o fundo do vagão e mais uma vez atinge as travessas. O guarda-freio balança-a para frente e para trás, ora para um lado, ora para o outro, afrouxando um pouco a corda aqui, esticando-a um pouco ali, dando à "arma" a oportunidade de todo tipo de impacto e ressalto. Cada golpe daquela cavilha voadora é carregado de morte; c a quase cem quilômetros por hora ela se torna um verdadeiro tamborilar mortal. No dia seguinte, os restos daquele infeliz são recolhidos ao longo da via, e apenas uma nota no jornal local menciona o homem desconhecido, sem dúvida um vadio, que, provavelmente bêbado, dormiu sobre os trilhos.

Como exemplo característico de como um vagabundo habilidoso pode viajar clandestino agarrado a um trem, vou relatar a seguinte experiência. Eu estava em Ottawa seguindo para o Oeste no Canadian Pacific. Cinco mil quilômetros daquela ferrovia estendiam-se diante de mim: era outono e eu tinha de atravessar Manitoba e as Montanhas Rochosas. Já esperava por um clima "encrespado", e, a cada momento que o trem atrasava, maiores eram as dificuldades e o frio da jornada. Além do mais, estava desanimado. A distância entre Montreal e Ottawa é de 180 quilômetros. Eu sabia disso, já que tinha acabado de fazer aquele percurso que me custara seis dias. Por engano, eu havia perdido a linha principal e ficara num pequeno "desvio", por onde passavam apenas dois trens locais por dia. E durante esses seis dias eu vivi de cascas de pão seco (e não o suficiente) que recebi como esmola de camponeses franceses.

Como se não bastasse, minha amargura havia aumentado por causa daquele dia que passei em Ottawa tentando arrumar alguns trajes para minha longa jornada. Deixe-me registrar aqui que Ottawa, com apenas uma exceção, é a cidade mais difícil no Canadá e nos Estados Unidos de mendigar por roupas: a pior delas é Washington, D. C. Esta última é o limite! Fiquei duas semanas lá implorando por um par de sapatos e depois tive de ir para Jersey City antes de consegui-los.

Mas voltando a Ottawa... Exatamente às oito horas da manhã, comecei a correr atrás de algo para me vestir. Empenhei-me com afinco o dia inteiro. Juro que andei quase setenta quilômetros. Conversei com mil donas-de-casa. Nem sequer parei para comer. E às seis da tarde, depois de dez horas de esforço incessante e deprimente, ainda me faltava uma camisa, enquanto o par de calças que conseguira estava apertado e dava todos os sinais de que em breve se rasgaria.

Às seis, desisti da empreitada e me dirigi à estação ferroviária, esperando arranjar algo para comer no caminho. Mas ainda estava sem sorte. Recusaram-me comida casa após casa. Até que consegui uma esmola. Meu ânimo cresceu, considerando que aquela era a maior esmola que eu já vira na minha longa e variada carreira de pedinte. Era um pacote embrulhado em jornais, grande como uma mala. Corri para um terreno baldio e o abri. Primeiro, vi um bolo... depois mais bolos, de todos os tipos... e, então, mais bolos. Só tinha bolos! Nenhum pão com manteiga, com grossas e firmes fatias de carne entre elas – nada além de bolos! E eu que, de todas as coisas, a que mais detestava era bolo! Em outra época e lugar, os infelizes se sentavam às margens do rio da Babilônia e choravam*. E num terreno baldio da orgulhosa capital do Canadá, eu também sentei e chorei... sobre uma montanha de bolos. Olhei para aquela imensa quantidade de confeito como alguém que olha o rosto de um filho morto. Suponho que fosse um vagabundo ingrato ao me recusar a aceitar o gesto generoso da casa que havia tido uma festa na noite anterior. Evidentemente, os convidados também não gostaram dos doces.

Aqueles bolos foram o cúmulo do meu azar. Nada poderia ser pior. Portanto, as coisas teriam de começar a entrar nos eixos. E começaram. Na casa seguinte, fui convidado a entrar e comer à mesa. Uma "refeição sentada" é o auge da felicidade. A pessoa é levada para dentro, em geral lhe é dada a oportunidade de se lavar e depois é convidada a se sentar com os anfitriões. Os vadios adoram esticar as pernas debaixo de uma mesa. A casa era grande e confortável, no meio de um terreno espaçoso com belas árvores, bem afastada da rua. Os moradores haviam acabado de comer

---

* Referência ao Salmo 137: I da Bíblia. (N. T.)

43

e fui levado direto para a sala de jantar – o que é, por si só, algo muito incomum, já que o vagabundo com sorte o bastante para ganhar uma "refeição sentada" normalmente come na cozinha. Um inglês grisalho e boa-praça, a esposa já matrona e uma bela e jovem francesa conversavam comigo enquanto eu comia.

Fico me perguntado se aquela francesinha ainda se lembra, hoje em dia, da gargalhada que deu quando proferi a frase bárbara "dois *bits*"*. Veja só, eu estava tentando, delicadamente, conseguir deles uma "esmolinha". Foi por isso que me referi àquela soma de dinheiro. Ela perguntou:

– O quê?

– Dois *bits* – respondi.

Sua boca se movia em espasmos quando inquiriu outra vez:

– O quê?

– Dois *bits*, eu disse.

Foi quando começou a gargalhar.

– Você repetiria isso? – falou, quando já havia se recomposto.

– Dois *bits* – eu disse.

E mais uma vez mergulhou numa gargalhada incontrolável.

– Peço perdão – disse ela. – Mas o que... o que você disse?

– Dois *bits* – falei. – Há algo errado nisso?

– Não que eu saiba – gaguejou, aos soluços. – Mas o que isso quer dizer?

Expliquei, ainda que não me lembre agora se consegui ou não os dois *bits*. Muitas vezes tenho pensado, desde então, qual de nós dois era o mais provinciano.

Quando cheguei à estação, encontrei, para meu desgosto, um grupo de pelo menos vinte vagabundos esperando para subir nos *blind baggages* do trem. Dois ou três vagabundos num vagão desse tipo, tudo bem. Até passam despercebidos. Mas um grupo! Isso significava confusão. Nenhuma tripulação deixaria todos nós viajarmos.

Eu bem poderia explicar aqui o que é um *blind baggage*. Alguns vagões dos correios são completamente fechados, sem

---

* Um *bit* é o equivalente a doze centavos e meio. Dois *bits*, portanto, são 25 centavos. (N. T.)

A ESTRADA

portas nas extremidades; portanto, tais vagões são *blind* [cegos].
Aqueles que porventura possuem portas nas extremidades as
mantêm sempre trancadas. Vamos supor que, depois de o trem
começar a andar, um vagabundo consiga subir na plataforma de
um desses furgões. Não há porta nenhuma ou esta está trancada.
Nenhum condutor ou guarda-freio poderá chegar a ele para recolher o dinheiro da passagem ou jogá-lo para fora. É evidente
que o clandestino está a salvo até a próxima parada. Chegando lá,
deve saltar, correr à frente na escuridão e, quando o trem passar
por ele, pular no vagão postal de novo. Mas há formas e formas
de fazer isso, como vocês verão.

Quando o trem começou a andar, aqueles vinte vagabundos
se apinharam sobre os três vagões dos correios. Alguns já estavam
neles antes mesmo de a composição passar o primeiro carro. Eram
uns sujeitos estranhos, e logo vi que iam ser rapidamente expulsos.
É claro, a tripulação do trem estava alerta, e na primeira parada
a confusão começou. Saltei da composição e corri adiante, ao
longo dos trilhos. Notei que estava sendo acompanhado por certo
número de vagabundos. Evidentemente, sabiam o que estavam
fazendo. Quando se quer viajar como clandestino num expresso,
deve-se sempre ficar bem à frente dele nas paradas. Corri adiante,
e, conforme o fazia, um a um dos que me acompanhavam caíram
fora. Este "cair fora" era a medida de sua habilidade e coragem
em abordar um trem.

A coisa funciona assim: quando o trem arranca, o guarda-
-freio vai em direção ao vagão dos correios. Não há como ele voltar
para o comboio, exceto pulando de onde se encontra e subindo
numa outra plataforma que não seja "fechada". Dependendo da
velocidade da locomotiva, ele pula do vagão, deixa vários carros
passarem e entra novamente no trem. Assim, o vagabundo deve
conseguir correr bem à frente, para que, antes que o vagão passe
por ele, o guarda-freio já o tenha abandonado.

Deixei o último vadio uns quinze metros para trás e esperei.
O trem saiu. Percebi a lanterna do guarda-freio no primeiro vagão
dos correios: ele estava preparado. E vi os novatos, calmamente,
ao lado dos trilhos, na hora em que o primeiro vagão passou por
eles. Nem tentaram subir. Foram derrotados pela própria incom-

45

petência, ainda no começo. Depois deles, como numa fila, vieram aqueles que sabiam um pouco mais sobre esse jogo. Deixaram passar o primeiro vagão, ocupado pelo brequista, e pularam no segundo e no terceiro. É claro, o guarda-freio pulou do primeiro para o segundo e, à medida que passava, ia jogando para fora os homens que ali estavam. Mas o fato é que eu me encontrava tão mais à frente que, quando o primeiro vagão dos correios passou por mim, o brequista já o havia deixado e estava tratando dos vadios no segundo carro. Meia dúzia dos mais habilidosos vaga-bundos (que haviam corrido suficientemente adiante) conseguiu alcançar também o primeiro vagão postal.

Na parada seguinte, à medida que corríamos ao longo dos trilhos, contei apenas quinze de nós. Cinco haviam sido jogados para fora. O processo de eliminação das "ervas daninhas" havia começado de maneira nobre, e continuou estação após estação. Passamos a ser catorze, depois doze, onze, nove, oito. Isso me lembrou os dez negrinhos[*] da cantilena infantil. Eu estava decidido a ser o último negrinho de todos. E por que não? Não tinha sido abençoado com força, agilidade e juventude? (Tinha dezoito anos e estava em perfeitas condições físicas). E não tinha coragem? E, além disso, não era eu um *tramp-royal*?[**] Não eram aqueles outros vagabundos meros novatos e amadores se comparados a mim? Se eu não conseguisse ser o último negrinho, poderia muito bem abandonar esse jogo e arrumar um emprego numa fazenda de alfafa, seja lá onde fosse.

Quando havíamos sido reduzidos a quatro, toda a tripulação do trem acompanhava a situação com interesse. Dali em diante, foi uma competição de habilidade e inteligência, com a vantagem a favor da tripulação. Um a um os outros três remanescentes desapareceram, até eu ficar sozinho. Meu Deus, como eu estava orgulhoso de mim mesmo! Nenhum Creso[***] jamais se sentiu mais

---

[*] No original, *ten little niggers of the nursery rhyme*, canção popular. O termo *nigger*, em geral, tem conotação pejorativa. (N. T.)

[**] Suposto membro da "realeza" dos vagabundos, um vadio de primeira, do melhor tipo. Referência ao poema "Sestina of the Tramp-Royal", de Rudyard Kipling. (N. T.)

[***] O último rei da Lydia, considerado o homem mais rico do mundo. (N. T.)

orgulhoso de seu primeiro milhão. Eu triunfara, apesar de dois guarda-freios, um condutor, um foguista e um maquinista.

Eis aqui alguns exemplos do que fiz para me manter no trem. Lá na frente, na escuridão (tão adiante que o guarda-freio viajando do lado de fora do vagão postal teria, obrigatoriamente, de sair antes de passar por mim), subo na composição. Muito bem. Estava pronto para outra estação. Quando chegamos, disparo à frente de novo, para repetir a manobra. O trem começa a partir. Vejo-o se aproximar. Não há luz da lanterna no vagão. Terá a tripulação abandonado a contenda? Não sei. Nunca se sabe, e deve-se estar preparado, a cada momento, para qualquer coisa. Enquanto o primeiro vagão dos correios passa por mim e corro para saltar a bordo, aperto os olhos para ver se o brequista está na plataforma. Afinal, sei que pode estar lá, com a lanterna apagada, pronto para me acertar com ela na cabeça, no momento em que eu estiver pulando os degraus. Sei o que estou dizendo: já fui golpeado por lanternas duas ou três vezes antes.

Mas não, o primeiro vagão está vazio. O trem ganha velocidade. Estou seguro até a próxima estação. Mas estou mesmo? Sinto o trem diminuir a velocidade. No mesmo instante, fico em estado de alerta. Uma manobra está sendo executada para me apanhar, e não sei qual é. Tento ver os dois flancos ao mesmo tempo, não esquecendo de acompanhar o tênder à minha frente. Poderia ser atacado de qualquer uma dessas três direções.

Ah, lá vem ele! O guarda-freio sai da locomotiva. Dá o primeiro aviso quando seus pés tocam os degraus do lado direito do vagão. Como um raio, salto para a esquerda e corro à frente, ultrapassando a locomotiva. Perco-me na escuridão. A situação é a mesma desde que o trem deixou Ottawa. Estou na dianteira, e a composição tem de passar por mim se quiser continuar sua jornada. Tenho as mesmas chances de sempre de subir nela.

Observo cuidadosamente. Vejo uma lanterna chegar à locomotiva, mas não a vejo retornar. Ainda deve estar lá, e é óbvio que quem está segurando a lanterna é um guarda-freio. Deve ser desleixado, já que a teria apagado em vez de tentar tapá-la quando veio adiante. O trem parte. O primeiro vagão está vazio e subo nele. Como antes, o trem diminui a velocidade, e o brequista da locomotiva aborda o vagão de um lado, ao passo que vou para o outro e corro para a frente.

Enquanto espero na escuridão, sinto um grande orgulho e emoção. O expresso parou duas vezes por minha causa – por causa de mim, um pobre vagabundo clandestino. Sozinho, parei duas vezes o trem, com os muitos passageiros e vagões, a correspondência do governo e os dois mil cavalos de força a vapor. E peso apenas 75 quilos e não tenho sequer uma moeda de cinco centavos no bolso!

De novo, vejo a lanterna, lá adiante, vindo na direção da locomotiva. Mas agora está descoberta. Demasiadamente descoberta para o meu gosto. Penso no que pode estar acontecendo. De qualquer forma, tenho algo mais para temer além do guarda-freio da locomotiva. O trem arranca. Justo na hora, antes de dar o meu salto, vejo a silhueta escura de um brequista, sem lanterna, sobre o primeiro "postal". Mas o guarda-freio no primeiro vagão já está em meu encalço. Também vejo de relance a lanterna daquele que pulou da locomotiva: agora os dois brequistas estão do mesmo lado que eu. No momento seguinte, o segundo vagão chega e logo estou a bordo. Mas não fico ali. Já sei qual será meu contragolpe. À medida que disparo pela plataforma, ouço o impacto dos pés do brequista contra os degraus. Pulo para o outro lado e corro adiante, junto ao trem. Meu plano é correr e entrar no primeiro *blind*. É pegar ou largar, já que o trem está ganhando velocidade. Além disso, o guarda-freio está me perseguindo. Acho que sou melhor corredor, pois chego ao primeiro vagão. Fico nos degraus e observo meu perseguidor. Está apenas uns três metros atrás e correndo como louco. Mas agora o trem se aproximou de sua velocidade normal e, em relação a mim, é como se aquele indivíduo estivesse parado. Encorajo-o, estendendo-lhe minha mão, porém ele explode num poderoso insulto, desiste e apanha o trem vários vagões atrás.

O comboio segue seu caminho. Ainda estou rindo comigo mesmo quando, de modo inesperado, um jato de água me atinge. O foguista está apontando a mangueira em minha direção, lá da locomotiva. Pulo do vagão em que estou para a parte de trás do tênder que transporta carvão, onde me protejo sob o rebordo. A água voa sem dano sobre minha cabeça. Sinto vontade de

A ESTRADA

escalar o tênder e dar o troco naquele foguista com um pedaço de carvão, mas sei que, se fizer isso, serei massacrado por ele e pelo maquinista, e desisto. Na próxima parada, apeio-me e corro na escuridão. Dessa vez, quando o trem sai, ambos os guarda-freios estão no primeiro vagão. Adivinho sua jogada: querem impedir a repetição da minha jogada anterior. Não posso pegar novamente o segundo vagão postal, cruzar a plataforma, correr adiante e subir no primeiro. Tão logo o primeiro passa e não entro nele, os dois saltam, um de cada lado do trem. Subo no segundo *blind* e, enquanto o faço, sei que um momento depois, simultaneamente, aqueles brequistas irão chegar pelos flancos. É como uma armadilha. Ambos os caminhos estão bloqueados. Ainda assim, resta outra saída: para cima.

Não espero meus perseguidores chegarem. Escalo a balaustrada de ferro da plataforma e fico sobre a roda do breque de mão. Isso traz um instante de graça, até que ouço os guarda-freios subindo os degraus em cada lado. Não paro para olhar. Levanto os braços acima da cabeça até minhas mãos agarrarem as extremidades curvas do teto dos dois vagões. Uma mão, é claro, está no teto curvado de um dos carros, e a outra, no do outro. A essa altura, os dois brequistas estão subindo os degraus. Sei disso, ainda que esteja demasiadamente ocupado para observá-los. E tudo isso está acontecendo no espaço de apenas alguns segundos. Consigo subir com o impulso das pernas e a força dos músculos dos braços. Na hora que levanto as pernas, ambos os guarda-freios me alcançam: mas só agarram o vácuo. Sei disso, já que olho para baixo e os vejo. Também os ouço xingar.

Estou agora numa posição bastante precária, apoiado nas extremidades do teto de dois vagões ao mesmo tempo. Com um movimento rápido e tenso, desloco ambas as pernas para a borda curvada de um tejadilho e as duas mãos para a do outro. Então, agarrando a borda do declive, escalo até chegar ao teto plano acima, onde me sento para ganhar fôlego, enquanto me agarro, simultaneamente, a uma saída de ventilação que se projeta da superfície. Estou no topo do trem – no "convés", como dizem os vagabundos. E esse processo que descrevi é chamado por eles de "subir o convés". E deixem-me dizer aqui que apenas um vagabundo jovem e vigoroso, com muita coragem, consegue "subir o convés" de um trem.

O trem vai ganhando velocidade, e sei que estou seguro até a próxima parada – mas apenas até a próxima parada. Se eu permanecer no teto depois que o trem parar, estou certo de que aqueles funcionários irão me fuzilar com pedras. Um guarda-freio saudável pode "pingar" um pedaço bem pesado de pedra (digamos, em torno de três a dez quilos) do topo de um vagão. Por outro lado, são grandes as chances de que na próxima parada os brequistas estejam esperando por mim no mesmo lugar por onde subi. Depende de eu descer por outra plataforma.

Torcendo fervorosamente para que não haja túneis nos metros seguintes, levanto-me e sigo pelo teto de meia dúzia de vagões. E digo-lhes que é preciso deixar a timidez para trás em tal *passear*: afinal, o teto dos vagões de passageiros não foi feito para andanças noturnas. Se alguém pensa que foi, então que tente andar pelo tejadilho de um trem saltitante, com nada para se segurar além do vazio e da escuridão, e depois chegar à extremidade curva do teto, completamente molhado e escorregadio pelo orvalho, que acelera a velocidade ao passar para o outro teto, nas mesmas condições. Acreditem em mim: verão de que é feito um homem.

À medida que o trem desacelera na próxima parada, desço meia dúzia de plataformas abaixo de onde tinha subido. Não há ninguém lá. Quando o trem para totalmente, escorrego para fora. À frente, entre mim e a locomotiva, vejo duas lanternas em movimento. Os guarda-freios estão procurando por mim no teto dos vagões. Noto que o carro ao meu lado é um "quatro-rodas" – ou seja, tem apenas quatro rodas em cada furgão. (Se for viajar lá embaixo, escondido sobre os eixos, evite a qualquer custo os "seis-rodas" – eles levam a desastres.)

Agacho-me sob o trem e vou para os eixos. E posso dizer que estou muito contente por ele estar parado. É a primeira vez que

---

*   Desta forma, em itálico, no original. (N. T.)

A ESTRADA

vou para baixo no Canadian Pacific: os arranjos internos são novos para mim. Tento rastejar sobre o topo da armação, entre esta e o fundo do vagão. Mas o espaço não é grande o suficiente para que eu caiba nela, mesmo apertado. Isso tudo é novidade. Nos Estados Unidos, estou acostumado a viajar embaixo de trens que se movem em alta velocidade, agarrando um rebordo e balançando os pés para baixo, até o veio do travão, de onde engatinho sobre o topo do chassi e dentro da armação, para então me sentar sobre a travessa.

Tateando a escuridão, percebo que há um espaço entre o veio do travão e o solo. É muito apertado. Tenho de deitar, esticado, e rastejar para dentro da armação. Uma vez lá, sento na travessa e penso que os guarda-freios estarão pensando no que aconteceu comigo. O trem se põe mais uma vez a caminho. Desistiram de mim, finalmente.

Mas será que desistiram mesmo? Na próxima parada, vejo alguém metendo uma lanterna dentro do chassi vizinho, na outra extremidade do meu vagão. Estão me procurando nos eixos. Tenho de fugir depressa dali. Engatinho embaixo do veio do travão. Eles me veem e me perseguem, mas engatinho novamente pelos trilhos, no lado oposto, e fico de pé. Então, lá vou eu, correndo para a dianteira do trem. Passo pela locomotiva e me escondo na escuridão. É a mesma e velha situação de sempre: estou à frente da composição, e ela deve passar por mim.

O trem arranca. Há uma lanterna no primeiro vagão postal. Agacho-me e vejo o guarda-freio caminhar à espreita. Mas noto também uma lanterna no segundo vagão. Esse brequista me localiza e chama aquele que acabou de passar no da frente. Ambos saltam do trem. Não importa, pegarei o terceiro vagão e "subirei o convés". Mas, céus, há uma lanterna no terceiro vagão também! É o condutor. Deixo-o seguir. De qualquer forma, tenho agora a tripulação toda à minha frente. Corro para trás, na direção oposta à do trem. Olho por sobre os ombros. Todas as três lanternas estão em terra, balançando de um lado para o outro, nas mãos dos meus perseguidores. Dou no pé. Metade do comboio já passou por mim (e está indo bem rápido) quando pulo a bordo. Sei que os dois brequistas e o condutor se jogarão sobre mim, em dois segundos, como lobos esfomeados. Salto sobre a engrenagem do freio de mão, seguro as extremidades curvas do teto e subo para o convés usando a força dos músculos, enquanto meus perseguidores, desapontados, apinhados na plataforma abaixo como cães encurralando um gato, uivam pragas para mim e dizem coisas desrespeitosas sobre meus ancestrais.

Mas o que isso importa? São cinco contra um, incluindo o maquinista e o foguista: a força da lei e o poder da grande corporação estão por trás deles, e, mesmo assim, estou vencendo todos. Estou na parte de trás do trem. Por isso, corro adiante, sobre o teto dos vagões, até chegar à quinta ou sexta plataforma da locomotiva. Olho para baixo com cautela. Um guarda-freio está lá. Sei que me avistou pelo jeito que entra sorrateiramente no vagão; e sei também que está esperando atrás da porta, preparado para se jogar sobre mim quando eu descer. Mas o faço acreditar que não sei que está ali e continuo a encorajá-lo no erro. Não o vejo, mas sei que abre a porta vez ou outra para se certificar de que ainda estou no mesmo lugar.

O trem reduz a velocidade antes de entrar na estação. Minhas pernas estão pendendo de maneira tentadora. O trem para e elas continuam balançando. Ouço a porta abrir-se suavemente. O guarda-freio está preparado para me dar o bote. Subitamente, dou um salto e saio correndo, no teto, bem acima da cabeça dele, onde ele me espreitava por trás da porta. O trem está parado, e a noite, silenciosa; dou um jeito de fazer muito barulho no teto metálico com meus pés. Não sei, mas presumo que, agora, ele esteja correndo para tentar me pegar quando eu descer na próxima plataforma. Mas não desço lá. A meio caminho, ainda no teto, dou meia-volta e refaço meu trajeto, suave e rapidamente, para a plataforma que tanto eu quanto o guarda-freio havíamos abandonado. A área está livre. Desço à terra, do outro lado do trem, e me escondo na escuridão. Nenhuma alma viva me viu.

Sigo até uma cerca, perto da via férrea, e fico assistindo. Mas o que é isso? Vejo uma lanterna em cima do trem, movendo-se para a frente e para trás. Pensam que não desci e me procuram no teto. E mais: no solo, em cada lado do trem, acompanhando

A ESTRADA

a lanterna no teto, há duas outras. É uma caça ao coelho... e o coelho sou eu! Se o guarda-freio no topo me jogar para fora, os outros, em cada lado do trem, irão me agarrar. Enrolo um cigarro e assisto à procissão. Uma vez que ela passe por mim, estarei seguro para continuar à frente da composição. O trem parte e chego ao vagão dianteiro sem problema. Mas antes que ganhe velocidade, e logo quando estou acendendo meu cigarro, me dou conta de que o foguista escalou o monte de carvão na retaguarda do tênder e está olhando para mim abaixo dele. Fico apreensivo. Daquela posição, ele pode me esmagar com pedaços de carvão até eu virar geleia. Em vez disso, ele se dirige a mim, e noto, com alívio, um tom de admiração em sua voz.

– Seu filho-da-mãe – diz.

É um grande cumprimento, e me emociono como um colegial ao receber um diploma.

– Olha – falo com ele –, não me aponte mais a mangueira.

– Está bem – ele responde e volta para o trabalho.

Fiz amizade na locomotiva, mas os guarda-freios ainda estão atrás de mim. Na parada seguinte, os brequistas seguem pelos mesmos vagões, e, como antes, os deixo passar e subo ao convés, no meio do comboio. A tripulação se sente desafiada em seus brios, e o trem para. Os guarda-freios vão tentar me jogar para fora. Por três vezes, o poderoso expresso para por minha causa naquela estação, mas sempre engano a tripulação e chego ao convés. Não adianta: finalmente entenderam a situação. Mostrei-lhes que não podem ficar de sentinela e cuidar do trem só por minha causa. Devem mudar os procedimentos.

E mudam. Quando o trem para pela última vez, vão atrás de mim na maior carreira. Ah, sei qual é o jogo. Estão tentando me manter afastado. Conheço o perigo que estou correndo. Querem me encurralar na traseira do trem. Uma vez lá, dão a partida, me deixando em terra, sem que eu possa subir de novo. Eu os driblo, me esquivo, me torço, volto e desvio de meus perseguidores, ganhando a dianteira da composição. Um brequista continua em meu encalço. Está bem, lhe darei a maior corrida de sua vida; fôlego é o que não me falta. Corro direto à frente, ao longo dos trilhos. Não importa. Mesmo que ele me persiga por quinze quilômetros, em algum momento terá de saltar para o trem; e posso subir a bordo em qualquer velocidade que ele puder.

Então, continuo correndo, me mantendo confortavelmente adiante dele e estreitando os olhos na escuridão para não esbarrar em cercas de gado ou em obstáculos que possam me trazer algum desgosto. Até que (ai de mim!) fixo meus olhos muito adiante e, sem perceber, tropeço em algo pequeno, não sei exatamente o que, bem abaixo dos meus pés, e vou ao chão, cambaleando, numa longa queda. No instante seguinte, já estou de pé, mas o guarda-freio me agarrou pelo colarinho. Não luto. Estou ocupado em respirar fundo e em avaliar o tamanho dele: tem ombros estreitos... e peso pelo menos quinze quilos a mais que ele. Além disso, está tão cansado quanto eu, e, se tentar me bater, lhe ensinarei poucas e boas.

Mas ele não tenta, e o problema é resolvido. Em vez disso, começa a me levar de volta, ao lado do trem, e então mais um possível problema surge aí. Vejo as lanternas do condutor e do outro brequista: estamos nos aproximando deles. Não foi em vão que conheci a polícia de Nova York e que ouvi, em vagões, perto de caixas d'água e em celas de prisões, histórias sangrentas de como ela lidava com vagabundos. E se eles estivessem prestes a me espancar? Deus sabe quanto os provoquei. Penso rápido. Estamos chegando cada vez mais perto dos outros dois homens do trem. Miro o estômago e a mandíbula do meu captor e planejo dar um direto de direita e outro de esquerda ao primeiro sinal de confusão.

Ah! Conheço outro truque que gostaria de ter aplicado nele e quase me arrependo de não tê-lo feito no momento em que fui capturado. Poderia acabar com a pegada dele. Seus dedos, apertados com força, estão enterrados no meu colarinho. Meu casaco está abotoado, justo. Você já viu um torniquete? Bem, ei--lo. Tudo o que devo fazer é enfiar minha cabeça sob seu braço e começar a me contorcer. Devo girar rápido – muito rápido mesmo. Sei como fazê-lo: torcendo-me de uma maneira dura e violenta, abaixando a cabeça sob seu braço a cada giro. Antes de ele se dar conta, aqueles dedos que estão me segurando serão detidos. Será incapaz de soltá-los. É uma poderosa alavanca. Vinte segundos depois de começar a girar, o sangue estará explodindo da ponta de seus dedos, os delicados tendões estarão se rompendo, e todos os músculos e nervos se esmagando e se comprimindo numa massa dolorida. Tente fazer isso quando alguém o estiver segurando pelo colarinho. Mas seja rápido – rápido como um raio. Também esteja seguro de abraçar a si mesmo enquanto estiver se contorcendo – proteja o rosto com o braço esquerdo e o abdômen com o direito. O outro sujeito poderá tentar impedi-lo com um soco, usando o braço livre. Um soco indo nunca é tão ruim quanto um soco vindo.

Aquele guarda-freio jamais soube como esteve próximo de se dar mal, muito mal. O que o salvou foi não ter tido planos de me espancar. Quando chegamos perto o suficiente, ele avisa que me tem nas mãos, e os outros sinalizam ao trem para partir. A locomotiva passa por nós, e, logo depois, os três vagões dos correios. Depois disso, o condutor e o outro guarda-freio pulam a bordo. Mas meu captor ainda me segura. Já sei qual é o seu plano. Irá me segurar até a retaguarda do trem passar. Então, pulará nele, e serei deixado para trás – ou seja, expulso.

Mas o trem arranca de forma brusca, com o maquinista tentando recuperar o tempo perdido. Além disso, aquele é um trem bem comprido. Está indo rápido e sei que o guarda-freio avalia sua velocidade com apreensão.

– Você acha que consegue? – perguntei inocentemente.

Então, ele solta meu colarinho, dá uma rápida corrida e pula a bordo. Ainda faltam passar alguns vagões. Ele sabe disso e permanece nos degraus, com a cabeça para fora, me vigiando. Nesse instante, decido qual será meu próximo movimento: subirei na última plataforma. Sei que o trem avança cada vez mais rápido, mas, se eu fracassar, a única coisa que pode me acontecer é rolar na terra... e o otimismo da juventude está comigo! Não desisto. Fico ali, com o ombro levemente caído, dando a entender que já não tenho mais esperança. Ao mesmo tempo, sinto com os pés o bom terreno de cascalho que quero percorrer. É um piso perfeito. Também vigio a cabeça do guarda-freio, estirada para fora. Então, a vejo sumir. Ele está confiante de que o trem vai rápido demais para que eu consiga subir nele.

E o trem *está*, de fato, indo rápido demais – mais rápido que qualquer outro que eu já tinha agarrado. Quando o último vagão passa, disparo na mesma direção. É uma corrida curta e ágil. Não posso querer igualar a velocidade do trem, mas posso reduzir a diferença a um mínimo e, assim, diminuir o choque do impacto quando saltar a bordo. No instante desvanecedor da escuridão, não consigo ver o corrimão de ferro da última plataforma; nem há mais tempo para localizá-lo. Estendo a mão para onde penso que deve estar, e, na mesma hora, meus pés deixam o solo. Estou na ponta dos pés. No momento seguinte, poderei estar rolando no cascalho dos trilhos com a cabeça, os braços e as costelas quebradas. Mas meus dedos seguram o corrimão, um movimento dos braços faz meu corpo rodopiar levemente, e meus pés aterrissam nos degraus com bastante violência.

Sento-me, sentindo imenso orgulho de mim mesmo. Em toda minha vida de vadiagem, foi o melhor salto que já dei. Sei que, tarde da noite, um vagabundo está sempre seguro, por várias estações, quando se encontra na última plataforma; mas nunca fico tranquilo na traseira do trem. Na primeira parada, corro para a frente, no lado oposto da estação, passo os *pullmans*[*], me agacho, entro debaixo do trem e me agarro a um eixo do vagão de passageiros. Na próxima parada, faço o mesmo e agarro outro eixo.

Em comparação ao momento anterior, sinto-me agora mais seguro. Os guarda-freios pensam que fui expulso. Mas o longo dia e a noite extenuante estão começando a me afetar. Além disso, lá embaixo não está ventando tanto nem é tão frio, e começo a pegar no sono. Isso não pode acontecer. Dormir nos eixos significa a morte; por isso, na estação seguinte, me arrasto para fora dali e avanço para o segundo vagão. Aqui posso me deitar e dormir; e é o que faço – quanto tempo, não sei –, até ser acordado por uma lanterna na minha cara. Os dois guarda-freios estão me olhando. Ponho-me na defensiva, pensando qual deles irá me agredir. Mas me maltratar está longe de suas intenções.

---

[*] Na segunda metade do século XIX, George Pullman criou vagões de passageiros confortáveis para longas viagens. O termo *pullman* tornou-se sinônimo de vagões de passageiros confortáveis, de alta qualidade. (N. T.)

A ESTRADA

– Pensei que você tivesse ficado para trás – diz o guarda-freio que havia me segurado pelo colarinho.

– Se você não tivesse me largado, teria ficado para trás comigo – respondo.

– Como assim?

– Eu teria me agarrado a você, só isso.

Consultam um ao outro e seu veredicto pode ser resumido assim:

– Bem, acho que você pode continuar no trem, meu chapa*. Não há por que tentar botar você para fora.

E foram embora, me deixando em paz até o fim de sua jurisdição.

O que acabo de contar aqui serve de exemplo do que significa viajar como clandestino. É claro que escolhi uma noite afortunada entre as minhas experiências e não disse nada daquelas – e foram muitas – quando fui traído pelas circunstâncias ou deixado para trás.

Concluindo, quero relatar o que aconteceu quando cheguei ao fim daquela jurisdição. Em linhas transcontinentais de via única, os trens de carga esperam nas gares, só partem depois dos trens de passageiros. Quando alcançamos a divisa, deixei meu trem e procurei pelo cargueiro que sairia atrás dele. Encontrei-o preparado, nuns trilhos paralelos, e esperei. Escalei um vagão de carvão cheio até a metade e me deitei. Dormi na mesma hora.

Fui acordado quando alguém abriu a porta corrediça. O dia, frio e cinzento, estava acabando de nascer, e o cargueiro ainda não havia partido. Um condutor colocou a cabeça porta adentro.

– Saia daí, seu miserável! – vociferou.

Saí e, lá fora, vi-o seguir ao longo da linha, inspecionando cada vagão do trem. Quando sumiu de vista, pensei que ele jamais imaginaria que eu teria coragem de voltar ao mesmo vagão do qual tinha me expulsado. Então, entrei nele e me deitei de novo.

---

* O termo utilizado por London é *Bo*, equivalente ao mesmo tempo a "vagabundo" e "meu chapa". Ele utiliza esse termo em vários capítulos do livro. Esta era uma forma comum de se dirigir aos vagabundos itinerantes naquela época. (N. T.)

O raciocínio daquele condutor devia ser muito parecido com o meu, já que concluiu que era aquilo mesmo que eu faria. Assim, voltou e me expulsou de novo. Por certo, pensei que ele nunca sonharia que eu faria isso uma terceira vez. Retornei para dentro do mesmo vagão. Mas decidi me certificar. Apenas uma porta lateral poderia ser aberta; a outra estava pregada. Começando no topo do monte do carvão, cavei um buraco ao lado daquela porta e me deitei nele. Ouvi a outra porta abrir. O condutor subiu e olhou sobre o topo da pilha de carvão: não conseguia me ver. Gritou, mandando que eu saísse. Tentei enganá-lo, ficando quieto. Mas quando começou a jogar pedaços de carvão no buraco, em cima de mim, desisti e fui mandado embora pela terceira vez. Além do mais, ele me alertou, energicamente, sobre o que aconteceria comigo se me pegasse lá de novo.

Mudei de tática. Quando alguém tem os mesmos processos mentais que você, quebre sua linha de raciocínio e mude a forma de pensar. Foi isso que fiz. Escondi-me entre dois vagões, num trilho adjacente, e olhei. Por certo, aquele condutor voltou de novo ao furgão. Abriu a porta, subiu, chamou, jogou o carvão no buraco que eu cavara. Até se arrastou sobre o monte de carvão e olhou lá dentro. Aquilo o satisfez. Cinco minutos mais tarde o cargueiro partia, e ele não estava mais à vista. Corri ao lado do vagão, puxei a porta até abri-la e pulei para dentro. Ele nunca mais me procurou e viajei naquele vagão de carvão precisamente 1,7 mil quilômetros, dormindo a maior parte do tempo e saindo nas divisas (onde os cargueiros sempre param por mais ou menos uma hora) para mendigar por comida. E, no final dos 1,7 mil quilômetros, perdi aquele vagão graças a um feliz incidente. Consegui uma "refeição sentada" e ainda está para nascer o vagabundo que não irá perder um trem por uma refeição à mesa, a qualquer hora.

INSTANTÂNEOS

What do it matter where or 'ow we die,
So long as we've our 'ealth to watch it all?
"Sestina of the Tramp-Royal".

Talvez o maior encanto da vida de vagabundo seja a ausência de monotonia. No Mundo da Vadiagem, a face da vida é versátil – uma fantasmagoria em constante mutação, na qual o impossível acontece e o inesperado surge a cada curva da estrada. O vagabundo nunca sabe o que irá acontecer no instante seguinte; por isso, vive apenas o momento presente. Aprendeu como é fútil o esforço contínuo e sabe o prazer de se deixar levar pelos caprichos da sorte.

Penso constantemente naqueles dias de vagabundagem e sempre me impressiono com a rápida sucessão de imagens que aparecem como clarões na minha memória. Não importa de que época eu comece a me recordar; qualquer um daqueles dias era especial, cada qual registrado em cenas velozes e sequenciais. Por exemplo, me lembro de uma ensolarada manhã de verão em Harrisburg, na Pensilvânia, e imediatamente me vem à mente o começo auspicioso daquele dia – sentado à mesa com duas solteironas (e não na cozinha, mas na sala de jantar). Comemos ovos em oveiros! Foi a primeira vez que eu tinha visto ou ouvido falar de algo semelhante! Senti-me um pouco estranho a princípio, devo confessar, mas lidei com os ovos nas taças com tal maestria que impressionei aquelas duas solteironas.

Bem, elas comiam como um par de canários, petiscando um ovo cada e mordiscando torradinhas. A vida pulsava sem grande energia no corpo delas e o sangue corria de forma lenta em suas veias.

Haviam passado a noite inteira dormindo no aconchego de suas camas. Já eu ficara o tempo todo ao relento, consumindo boa parte de minha energia para me manter aquecido, viajando a pé de um lugar chamado Emporium, na parte norte do estado. E então aquelas torradas! Vocês não imaginam! Eu comi todas de uma só vez... sim, de uma bocada só. É chato servir-se de uma torrada por vez, em especial quando se está com uma fome danada.

Quando eu era garoto, tinha um cachorrinho chamado Punch. Eu mesmo lhe dava de comer. Certa vez, alguém lá em casa caçou patos e tivemos uma excelente refeição. Ao terminar, preparei a comida de Punch: uma bela tigela de ossos e restos de carne. Saí para lhe dar de comer. Em seguida, uma das visitas, que tinha vindo de um rancho vizinho, trouxera seu cão terra-nova, grande como um bezerro.

Coloquei a tigela no chão. Punch abanou o rabo e começou a comer. Tinha diante de si, pelo menos, uma boa meia hora de felicidade. Mas de repente se apressou...

Foi enxotado como uma palha no caminho de um ciclone, no momento em que aquele terra-nova se atirou sobre a tigela. Apesar da enorme pança, deve ter sido treinado para comer rápido, já que, pouco antes de eu lhe chutar as costelas, acabou com tudo. Limpou a tigela! Uma última lambida removeu até mesmo as manchas de gordura.

Pois eu me comportava à mesa daquelas duas solteironas de Harrisburg igual ao grande terra-nova diante da cumbuca de Punch. Não sobrou nada. Sem quebrar coisa nenhuma, acabei com os ovos, as torradas e o café. Mantive a empregada bem ocupada: toda vez que trazia mais comida, mais eu comia. O café estava delicioso, mas não precisava ter sido servido em xícaras tão pequenas. Deixei de comer mais porque perdi muito tempo me servindo sucessivamente de café.

De qualquer forma, tive tempo de dar com a língua nos dentes. Aquelas duas solteironas, de pele alva e rosada, e cabelos encaracolados grisalhos, nunca tinham visto o rosto iluminado da aventura. Como diria o *Tramp-Royal*, tinham trabalhado a vida inteira "no mesmo turno". Na doce fragrância e nos estreitos

A ESTRADA

limites de sua existência monótona, eu lhes soprara os grandes
ares do mundo, carregados de odores sensuais, de lugares
estranhos. E devo ter machucado aquelas palmas macias com
a aspereza das minhas mãos, calejadas de tanto puxar cordas
ou de acariciar os cabos das pás por longas e duras horas. Não
fiz isso apenas por fanfarronice juvenil, mas para lhes provar,
pelo trabalho que eu já realizara, que tinha direito à caridade
que me prestavam.

Ah, ainda posso vê-las agora, aquelas queridas e meigas se-
nhoritas, exatamente como quando me sentava à sua mesa, no
café da manhã, doze anos atrás, falando sobre os caminhos que
meus pés percorriam pelo mundo, pondo de lado seus conselhos
gentis (como um bom malandro deveria) e encantando-as não
apenas com minhas próprias aventuras, mas com as de todos os
outros sujeitos com os quais eu convivera e trocara confidências.
Apropriei-me de todas as suas aventuras... E se aquelas solteironas
tivessem sido menos confiáveis e inocentes poderiam ter facilmente colocado em xeque minha história. Bem... mas e daí? Foi uma
troca justa. Paguei as muitas xícaras de café, ovos e torradas pelo
valor justo. Regiamente lhes proporcionei entretenimento. Minha
chegada e minha presença à mesa delas foram sua aventura; e,
de qualquer forma, a aventura não tem preço.

Quando caminhava pela rua após partir da casa das solteironas, peguei um jornal na porta de algum dorminhoco, fui ao
parque e me deitei na relva para me inteirar das notícias das
últimas 24 horas no mundo. Lá, conheci um colega vagabundo
que me contou sua história de vida e insistiu para que eu me
alistasse no Exército dos Estados Unidos. Tinha sido convencido pelo oficial de recrutamento, estava prestes a ingressar na
corporação e não podia entender por que eu não ia com ele.
Fora membro do Exército de Coxey* na marcha a Washington,

---

* O Exército de Coxey foi um dos vários exércitos de desempregados que marcharam para Washington para pedir ajuda após a Depressão de 1893, que deixou
um sexto da força de trabalho norte-americana desempregada. O general Jacob
S. Coxey (1854-1951) era um populista abastado comprometido com a reforma
monetária. Saindo de Massilon, Ohio, em 25 de março de 1894, o Exército de

vários meses antes, e aquilo parecia lhe ter dado gosto pela vida militar. Eu também era veterano; afinal, não havia sido recruta na Companhia "L" da Segunda Divisão do Exército Industrial de Kelly*, mais conhecida como *Nevada push*? Mas a experiência tivera o efeito oposto em mim; então, deixei aquele vagabundo seguir seu caminho, entregue aos cães de guerra, enquanto meti os pés à procura de almoço.

Após esse dever cumprido, comecei a atravessar a ponte sobre o Susquehanna, até a outra margem, na ribeira ocidental. Esqueci-me do nome da ferrovia que passava naquele lado do rio. Mas, quando estava deitado na relva, pela manhã, me veio a ideia de ir a Baltimore. Então, era para lá que eu iria por aquela estrada de ferro, seja lá qual fosse seu nome.

A tarde estava quente. Na metade do caminho, topei com vários sujeitos que nadavam perto de um dos píeres. Tirei minhas roupas e também mergulhei.

Achei a água ótima; mas, quando saí dela e me vesti, descobri que havia sido roubado. Alguém mexera nas minhas coisas. Agora, me digam se ser roubado não é, por si só, aventura suficiente por um dia. Conheci homens que foram roubados e que passaram o resto da vida falando nisso. É bem verdade que o ladrão que mexeu nas minhas roupas não levou grande coisa – em torno de trinta ou quarenta centavos, além do meu tabaco e do papel de enrolar cigarros. Mas era tudo o que eu tinha, o que significava mais para mim do que para muita gente que já fora roubada. Afinal, sempre resta às pessoas algo em casa. Mas eu sequer tinha uma casa.

Os sujeitos que nadavam no rio eram tipos robustos. Olhei bem para eles e achei melhor não dar um pio. Então, implorei para que me arrumassem um papel de cigarro e posso jurar que foi com um dos meus próprios papéis que enrolei o tabaco.

Coxey chegou a Washington em 30 de abril do mesmo ano. Quando tentava discursar em frente ao Capitólio, foi preso, e seus seguidores, dispersados pela polícia. Os membros do exército acamparam até agosto fora da capital, quando foram dispersados pela polícia. (N. T.)

* Este episódio será descrito por London no capítulo "Dois mil vagabundos". (N. T.)

A ESTRADA

Depois de atravessar a ponte, continuei pela margem oeste. Ali passava a ferrovia que eu procurava. Mas não havia nenhuma estação à vista. Como eu pegaria um trem de carga sem saber onde ficava a estação? Esse era o problema. Notei que os trilhos subiam por uma rampa bem íngreme, culminando no ponto em que me encontrava. E eu sabia que um cargueiro pesado não poderia subi-la muito depressa. Mas qual seria sua velocidade?

No lado oposto da linha, erguia-se um barranco alto. Na borda, lá no topo, vi a cabeça de um homem surgindo do meio da relva. Talvez pudesse me informar quanto tempo os trens de carga levavam para subir aquela ladeira e quando o próximo partiria para o Sul. Perguntei-lhe isso aos gritos, lá de baixo, e o indivíduo sinalizou para que eu fosse até ele.

Obedeci. Quando cheguei ao alto, encontrei outros quatro homens deitados na grama com ele. Vi a cena e percebi logo do que se tratava: eram ciganos americanos. Na grande clareira atrás deles, entre as árvores perto da ribanceira, havia vários carroções de aspecto indescritível. Crianças esfarrapadas e seminuas formigavam no acampamento. Preocupavam-se em não chegar perto e incomodar os homens. Várias mulheres magras, feias e desgastadas pelo trabalho ocupavam-se de diversas tarefas. Notei que uma delas se sentava sozinha, no banco de um carroção, com a cabeça baixa, pendendo para a frente, os joelhos encostados no queixo e os braços frouxos em torno das pernas. Não parecia feliz. Era como se não se importasse com nada... mas nesse aspecto eu estava errado, já que depois vi que havia algo com que se importava. Todo o sofrimento humano parecia estampado em seu rosto; além disso, sua expressão trágica mostrava incapacidade para suportar mais desgostos. Tinha-se a impressão de que nada mais poderia magoá-la... era isso que seu rosto dava a entender, mas sobre isso eu também estava enganado.

Deitei-me na grama, na borda do declive, e conversei com o pessoal. Éramos como irmãos: eu, o vagabundo americano, e eles, os ciganos americanos. Eu conhecia suficientemente seu linguajar para me fazer entender, e eles, o meu. Havia mais dois *mushers* de seu grupo do outro lado do rio, "perambulando" em Harrisburg. Um *musher* é um faquir itinerante. Esta palavra não deve ser confundida com a mesma usada no Klondike, ainda que a origem de ambos os termos possa ser a mesma – ou seja, a corruptela do francês *marche ons*, "marchar", "andar", *to mush*. O talento particular dos dois *mushers* que haviam atravessado o rio era consertar guarda-chuvas; porém, sua verdadeira atividade era outra. Mas não me disseram nem seria educado perguntar.

Aquele era um dia magnífico. Nenhum sopro de vento sequer. Aproveitávamos o calor reconfortante do sol. Por todos os lados, percebíamos o zumbido sonolento dos insetos e o ar aromático, com o doce perfume da terra e das coisas verdes que cresciam ao redor. Preguiçosamente, apenas balbuciávamos algumas palavras numa conversa intermitente. E então, de forma abrupta, a paz e a calma foram rompidas por um homem.

Dois garotos de oito ou nove anos, de calças curtas, haviam quebrado uma regra qualquer do acampamento. De que se tratava, eu não sabia, mas de repente um dos homens deitados ao meu lado se sentou e os chamou. Era o chefe da tribo, um sujeito de testa estreita, olhos cobertos por pálpebras fendadas, lábios finos e traços sardônicos e crispados que explicavam por que os dois meninos pularam e se detiveram, tensos, como dois bichinhos assustados, ao som da voz dele. Com o sentido de alerta aguçado pelo medo estampado na face, deram a volta, em pânico, para correr. O chefe os chamou e um dos garotos ficou para trás, relutante, com o corpinho frágil exprimindo, em pantomima, o conflito interno que o dividia entre o medo e a razão. Queria voltar. A inteligência e a experiência o diziam que voltar seria um mal menor que fugir; mesmo assim, o castigo iminente era assustador o bastante para colocar asas em seus pés.

Apesar disso, na dúvida entre ficar para trás e lutar contra o desejo de correr, o garoto conseguiu chegar até a proteção das árvores, onde parou. O chefe da tribo não o perseguiu. Foi calmamente até uma das carroças e pegou um pesado chicote. Então voltou ao centro da clareira e ficou parado. Nada falou nem gesticulou. Ele era a lei, impiedosa e onipotente. Apenas ficou lá e esperou. E eu, aqueles dois garotos protegidos pelas árvores e todos ali sabíamos o que o homem esperava.

A ESTRADA

O menino hesitante voltou devagar. A decisão de retornar estava estampada em seu rosto trêmulo. Não vacilou. Havia decidido receber o castigo. E, notem bem, o castigo não era para a ofensa original, mas por ter fugido. E, nesse aspecto, aquele chefe tribal apenas se comportou como se comporta a sociedade exaltada em que vivia. Punimos nossos criminosos e, quando escapam, os trazemos de volta e aumentamos o castigo.

O menino foi direto ao chefe, parando a uma distância suficiente para ser chicoteado. O látego silvou no ar com tal força que me surpreendeu. As perninhas do garoto eram tão finas e frágeis! A carne ficou branca nos pontos em que o chicote acertara; depois, apareceram um vergão e pequenos riscos escarlates na parte em que a pele havia se rasgado. Mais uma vez, o látego vibrou e todo o corpo do garoto se contraiu, antecipando a chibatada, ainda que não saísse do lugar. Manteve-se firme. O látego o castigou uma segunda vez e, depois, uma terceira. Só quando o menino foi atingido pelo quarto golpe foi que gritou. Também, não conseguia mais ficar parado no mesmo lugar; daí em diante, golpe após golpe, movia-se para cima e para baixo, angustiado, aos gritos, mas não tentou fugir. Quando sua dança involuntária o levava para além do alcance do chicote, voltava para uma distância em que pudesse ser castigado novamente. E, quando tudo acabou – uma dúzia de chicotadas –, afastou-se, gritando e soluçando, por entre as carroças.

O chefe ficou parado e esperou. O segundo garoto saiu das árvores. Mas não foi direto a ele. Aproximou-se como um cachorro encolhido, tomado por pequenas crises de pânico que o faziam se afastar rápido meia dúzia de passos. Mas sempre retornava, em círculos, cada vez mais perto do homem, choramingando e soltando sons desarticulados e guturais, como um animal. Notei que nunca fitava diretamente o homem, os olhos, aterrorizados, sempre fixos no chicote, numa expressão de pavor que me fez sentir mal – o terror frenético de uma criança inconcebivelmente maltratada. Já vi homens fortes tombarem no campo de batalha e contorcerem-se nas vascas da morte; já presenciei montes deles irem aos ares depois de atingidos por explosões; mas, acreditem, testemunhar tudo isso foi divertimen-

JACK LONDON

to e música para meus ouvidos em comparação àquela cena da pobre criança sendo espancada.

As chibatadas começaram. O castigo do primeiro garoto foi uma brincadeira perto deste. Em pouco tempo, o sangue escorria em suas perninhas finas. Ele dançava e se contorcia, dobrava-se até parecer algum tipo grotesco de marionete controlado por cordéis. Digo "parecia" porque seus gritos tiravam toda a ilusão e estampavam nele a realidade dura c crua. Seus gritos eram agudos e estridentes, sem notas baixas – apenas o fino timbre assexuado da voz de uma criança. Até chegar o momento quando o garoto não aguentou mais. Enlouquecido, tentou fugir. Mas, dessa vez, o homem o perseguiu, impedindo-lhe a fuga, levando-o, a chicotadas, de volta ao espaço aberto.

Então houve uma interrupção. Ouvi um grito selvagem e estrangulado. A mulher que estava sentada na carroça pulou para o chão e correu para intervir, lançando-se entre o homem e o menino.

– Você também quer apanhar um pouco, hein? – disse ele, com o chicote na mão. – Está bem, então.

Deu-lhe uma chicotada. Como a saia dela era longa, ele não tentou acertar suas pernas. Levou o chicote à cara dela, a qual a mulher protegeu o melhor que pôde, com as mãos e os antebraços, inclinando a cabeça para a frente, entre os ombros esquálidos, e recebendo os golpes nos braços e nas espáduas. Que mãe heroica! Bem sabia o que estava fazendo. O garoto, ainda aos gritos, fugia para as carroças.

E, enquanto tudo isso ocorria, os quatro homens deitados ao meu lado assistiam à cena sem esboçar nenhuma reação. Também não me movi, e digo isso sem nenhuma vergonha, ainda que minha razão estivesse propensa a ir contra meu impulso natural de me levantar e interferir. Eu conhecia a vida. De que adiantaria para a mulher ou para mim ser espancado até a morte, por cinco homens, lá nas margens do Susquehanna? Certa vez, vi um homem ser enforcado e, apesar de, no íntimo, minha alma gritar em protesto, minha boca não se abriu. Se tivesse gritado, provavelmente teria meu crânio arrebentado pela coronha de um revólver, já que a lei dizia que aquele homem deveria ser enforcado. E ali, naquele grupo de ciganos, a lei mandava que a mulher fosse chicoteada.

Ainda assim, em ambos os casos, não foi a lei em si que me deteve, mas o fato de ela ser mais forte que eu. Se não fosse por aqueles quatro homens ao meu lado, deitados na grama, teria saltado com prazer sobre o sujeito com o chicote. E, caso não fosse atacado por algumas daquelas mulheres do acampamento com uma faca ou porrete nas mãos, estou certo de que teria acabado com ele. No entanto, os quatro homens *estavam* ao meu lado na relva. Por isso, tornavam sua lei mais forte que eu.

Oh, acreditem, eu sofri. Já tinha visto mulheres apanharem antes, mas nunca presenciei uma surra como aquela. O vestido dela, sobre os ombros, ficou em frangalhos. Numa das vezes em que não conseguiu se proteger de um golpe, ficou com uma marca de sangue da bochecha ao queixo. Não levou uma, nem duas, nem uma dúzia, nem duas dúzias de chicotadas, mas um sem-número delas.

Coberto de suor, eu respirava com dificuldade, apertando a grama com as mãos até arrancá-la pela raiz. E durante todo esse tempo a razão continuou me sussurrando: "Não seja tolo! Não seja tolo!". Aquela marca de chicotada no rosto dela quase me tirou do sério. Comecei a me levantar, mas a mão do homem ao meu lado encostou em meu ombro e me fez sentar.

– Calma, parceiro, calma – avisou-me em voz baixa.

Olhei para ele. Seus olhos se encontraram com os meus, sem vacilar. Era um homem grande, de ombros largos e músculos enrijecidos. Tinha um rosto preguiçoso, fleumático, indolente e também amável, ainda que desprovido de paixão e alma – ou melhor, revelando uma alma obscura, sem malícia, amoral, bovina e obstinada. Era apenas um animal, possuindo não mais que uma vaga centelha de inteligência; um bruto de boa natureza, com a força e o calibre mental de um gorila. Suas mãos me pressionaram pesadamente, e me dei conta do peso dos músculos por trás delas. Olhei para os outros brutamontes: dois deles, sem nenhuma curiosidade, não se importavam; e o terceiro se deleitava com o espetáculo. Minha razão retornou, meus músculos relaxaram e deixei-me ficar sentado na grama.

Minha mente voltou às duas solteironas com as quais eu tomara o café aquela manhã. Menos de três quilômetros as separavam daquela cena. Naquele dia sem vento, sob um sol benfazejo, uma de suas "irmãs" era surrada por um de meus "irmãos". Aqui estava uma página da vida que jamais conheceriam – ainda bem, apesar de que, por isso, nunca seriam capazes de entender a fraternidade, nem a si mesmas, nem de saber de que barro eram feitas. Porque uma mulher não pode viver encerrada em quartinhos perfumados e ao mesmo tempo experimentar um sentido de irmandade com o restante do mundo.

Terminada a chibatada, a mulher parou de gritar e voltou ao seu assento na carroça. Nem mesmo as outras mulheres foram ao encontro dela – pelo menos, não naquele momento. Tinham medo. Mas depois de um intervalo razoável, lhe acudiram. O homem largou o chicote e se uniu novamente a nós, atirando-se no chão, ao meu lado. Estava ofegante por causa de todo o esforço. Limpou o suor da testa na manga do casaco e olhou desafiadoramente para mim. Retribuí o olhar de maneira despreocupada, como se o que ele fizera não fosse problema meu. Não fui embora abruptamente. Fiquei deitado ali por mais meia hora, o que, sob aquelas circunstâncias, era sinal de tato e etiqueta. Enrolei cigarros com o tabaco que me cederam e, quando escorreguei do talude para a ferrovia, já tinha as informações necessárias para pegar o próximo trem de carga que iria para o Sul.

Bem, o que se pode dizer disso? Foi apenas uma página da vida, e há muitas outras piores, muito piores, que já presenciei. Algumas vezes, tenho defendido (há quem pense que isso é brincadeira) a ideia de que o principal traço de distinção entre o homem e os outros animais é que o homem é o único ser que maltrata as fêmeas de sua espécie. Isso é algo de que nenhum lobo ou coiote covarde pode ser acusado de fazer. Nem mesmo o cachorro, degenerado pela domesticação, fará tal coisa. O cão ainda conserva o instinto selvagem, enquanto o homem perdeu a maioria de seus instintos selvagens – pelo menos, a maior parte dos bons instintos.

Há páginas da vida piores que as que descrevi? Leiam os relatórios sobre o trabalho infantil nos Estados Unidos – no Leste,

A ESTRADA

no Oeste, no Norte ou no Sul, não importa onde – e ficarão sabendo que todos nós, sedentos de lucro como somos, escrevemos páginas da vida piores que aquela mera página do espancamento da mulher, às margens do Susquehanna.

Desci o talude por alguns quilômetros, até um bom lugar, perto da vereda, ao lado dos trilhos, onde eu poderia pegar meu cargueiro quando este lentamente subisse a colina. Lá, encontrei meia dúzia de vagabundos aguardando para fazer o mesmo. Vários jogavam cartas com um baralho velho. Juntei-me a eles para uma partida. Um negro começou a embaralhá-las. Era jovem, gordo e tinha cara de lua. Transpirava boa natureza. Ao me dar a primeira carta, fez uma pausa e perguntou:

– Diga lá, meu chapa, a gente já não se viu antes?

– Certamente – respondi. – E você, por sinal, não estava vestindo essas roupas esfarrapadas.

Ele ficou intrigado.

– Você se lembra de Buffalo? – perguntei.

Então ele me reconheceu! Com risos e exclamações, me cumprimentou como um velho camarada, já que, naquela cidade, nós dois fomos presos e ficamos atrás das grades, por pouco tempo, na Penitenciária do Condado de Erie. Lá, ele tivera os trajes confiscados.[*]

O jogo continuou e descobri qual era a aposta. No pé do barranco, em direção ao rio, descia um caminho íngreme e estreito que levava a uma fonte uns oito metros lá embaixo. Jogávamos à beira da encosta. Quem perdesse teria de trazer água para os vencedores numa latinha de leite condensado.

O primeiro jogo terminou e o negro perdeu. Pegou a latinha e desceu o barranco, enquanto nós, sentados lá em cima, tirávamos um sarro dele. Bebemos como peixes. Só por minha causa, ele teve de fazer quatro viagens de ida e volta; e os outros estavam igualmente sedentos. Como o caminho era muito íngreme, algumas vezes o negro escorregava no meio do trajeto, derramava a água e tinha de voltar para pegar mais. Mas não ficava bravo. Ria

---

[*] O encontro entre Jack London e aquele negro será descrito no capítulo "Grampeado". (N. T.)

tão alegremente quanto qualquer um de nós – era por isso que escorregava tanto. Também nos garantiu que beberia quantidades enormes de água quando outra pessoa perdesse.

Quando nossa sede estava saciada, começamos outro jogo. O negro perdeu de novo, e mais uma vez nos enchemos de água. Um terceiro e um quarto jogo terminaram da mesma maneira. E, a cada vez, o "escurinho" de cara redonda quase morria de tanto rir, impressionado com os caprichos que a sorte lhe reservava. E nós também. Ríamos como crianças despreocupadas, ou como deuses, lá na beira do barranco. Sei que ri tanto que parecia que minha cabeça ia arrebentar; e bebi tanto da latinha que tive a sensação de que meu estômago havia se afogado. Então, levantou-se uma séria discussão sobre se poderíamos, com sucesso, subir no trem de carga, com todo aquele peso da água dentro de nós. Nessa hora, o negro quase não se aguentou... Teve de parar de carregar água por pelo menos cinco minutos, porque rolava de risos no chão.

As sombras do crepúsculo começaram a se estender, cada vez mais distantes, ao longo do rio; a suave e fresca penumbra chegou, e continuávamos a beber a água que o nosso carregador de ébano nos trazia na latinha, sem parar. Eu já havia me esquecido da mulher espancada uma hora antes. Era uma página lida e virada – agora, eu estava ocupado com aquela nova página. E, quando o trem apitasse, esta também seria virada e outra começaria. Então, o livro da vida continuaria, página após página, sem terminar – isso é o que se sente quando se é jovem.

Jogamos uma última partida e, dessa vez, o negro não perdeu. A vítima foi um vagabundo magro, de aparência dispéptica, aquele que tinha rido menos de todos nós. Dissemos que não queríamos mais água – o que era verdade. Nem que nos dessem toda a riqueza de Ormuz e da Índia, nem que nos aplicassem a pressão de uma bomba pneumática, poderiam ter-nos forçado a colocar outra gota de água em nossas carcaças saturadas. O negro parecia desapontado, mas se levantou e, colocando-se à altura da situação, exigiu água. Estava realmente com sede. Bebeu um pouco, depois mais um pouco e, em seguida, mais ainda. O vagabundo melancólico não parava de descer e subir a encosta

A ESTRADA

íngreme, e o negro sempre pedia mais: bebeu mais água do que todos nós juntos. O crepúsculo se tornou noite, as estrelas surgiram, e ele ainda continuava bebendo. Creio que, se o apito do comboio não tivesse soado, ainda estaria lá se enchendo de água e saboreando a vingança enquanto o vagabundo melancólico descia e subia.

Mas o apito soou. A página havia acabado. Pusemo-nos de pé de um salto e nos colocamos em fila ao longo dos trilhos. Lá veio o trem, tossindo e respingando ao subir a encosta, a luz dianteira tornando a noite tão clara quanto o dia e revelando nitidamente nossa silhueta. A locomotiva passou por nós, e corremos ao lado da composição, alguns pulando nas escadas laterais, outros lançando-se nas portas dos vagões vazios e entrando neles. Agarrei-me a um vagão cheio de toras de madeiras variadas e me arrastei até um canto confortável. Deitei-me de costas, usando um jornal sob minha cabeça como travesseiro. Acima de mim, as estrelas piscavam e giravam, indo e vindo, enquanto o trem contornava as curvas da ferrovia. E foi assim, olhando para o céu, que adormeci. O dia havia acabado – mais um dia entre todos os outros da minha vida. Amanhã seria um novo dia. E eu era jovem.

The Road, 1907

Imagens (fotos posadas e ilustrações) da edição original publicada pela Macmillan, em Nova York, com as respectivas legendas.

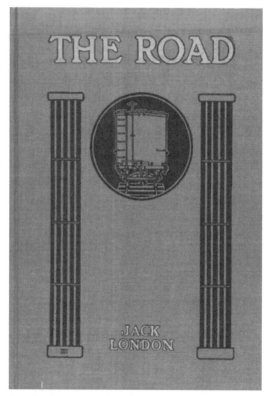

Capa da edição original de 1907

Página de rosto da edição original

"Moradores batiam a porta com força na minha cara" (Confissão, p. 27)

"Jogar um osso a um cachorro não é caridade" (Confissão, p. 27)

"Ela me olhou de perto
quando estava sob a luz"
(Confissão, p. 35)

"Uma 'refeição-sentada' é o auge da felicidade" (Clandestino, p. 43)

"Consigo subir com o impulso das pernas e a força dos músculos dos braços" (Clandestino, p. 49)

"Sobre os eixos de uma locomotiva" (Clandestino, p. 41)

"Levanto-me e sigo pelo teto de meia dúzia de vagões" (Clandestino, p. 50)

"Já fui golpeado por lanternas duas ou três vezes antes" (Clandestino, p. 47)

"Meus dedos seguram o corrimão e meus pés aterrissam nos degraus com bastante violência" (Clandestino, p. 56)

"Fui acordado quando alguém abriu a porta corrediça" (Clandestino, p. 57)

"Topei com vários sujeitos que nadaram perto de um dos píeres" (Instantâneos, p. 59)

"Peguei um jornal na casa de algum dorminhoco" (Instantâneos, p. 62)

"O negro alto e eu tínhamos o lugar de honra. Liderávamos a procissão" ("Grampeados", p. 95)

"Fomos levados para a secretaria da Penitenciária do Condado de Erie" ("Grampeados", p. 97)

"Cada andar com uma fileira de celas" ("Grampeados", p. 98)

"O pátio da prisão" (A penitenciária, p. 107)

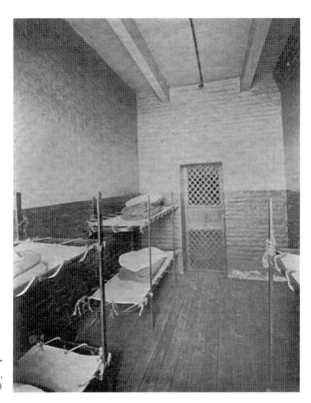

"Nossos beliches" ("Grampeados", p. 102)

"Enchemos a barbearia" ("Grampeados", p. 98)

"Tudo o que o guarda fazia era destrancar a porta"
(A penitenciária, p. 112)

"Lá dentro, empilhadas, estavam bandejas de pão" (A penitenciária, p. 108)

"Inclinei-me para pegar meu cesto" (A penitenciária, p. 116)

"Entramos pelas portinholas no teto do vagão" (Vagabundos cruzando a noite, p. 123)

"Ele me apontou para fora das portas e me assegurou que lá embaixo eu encontraria o rio" (Vagabundos cruzando a noite, p. 132)

"Ele me segurou pelos pés e me arrastou pra fora" (Vagabundos cruzando a noite, p. 134)

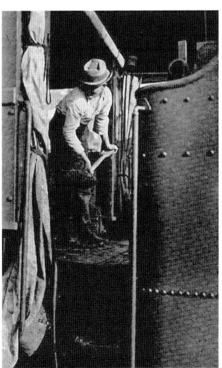

"Ofereci-me para trabalhar 'atirando' carvão até o final da linha" (Vagabundos cruzando a noite, p. 134)

"Uma forte rajada de vento nos atingiu e disparamos" (Pé na estrada, p. 146)

"Os bêbados são a caça preferida dos *road-kids*" (Pé na estrada, p. 154)

"Certa tarde, cheguei
ao parque com um livro
que acabara de comprar"
(Tiras, p. 179)

"Me pegaram com dois baldes
de leite nas mãos (para fazer
minha Viena pálida)" (Dois
mil vagabundos, p. 167)

"Eu me vi do outro lado, na ilha de Blackwell" (Tiras, p. 180)

"Fui para a estação e peguei o primeiro vagão postal" (Tiras, p. 187)

"GRAMPEADO"

Fui para Niagara Falls num *pullman* de portas laterais, ou, como se diz popularmente, num vagão de carga. Por sinal, esse tipo de carro é conhecido pelos vagabundos como "gondôla"*, com a segunda sílaba enfatizada e a pronúncia alongada. Mas voltando ao assunto... Cheguei à tarde, saí do trem e fui direto para as cataratas. Ao pôr meus olhos naquela impressionante visão das águas despencando, me perdi completamente. Não conseguia me afastar de lá para bater às portas dos domicílios por um prato de comida. Nem mesmo um convite para uma "refeição sentada" poderia ter me tirado dali. A noite chegou, uma bela noite enluarada, e deixei-me ficar ao lado das cachoeiras, até passar das onze horas. Depois, só me restava procurar um lugar para me "hospedar".

"Hospedar", "albergar", "chapar", "baquejar", "dobrar a orelha", tudo isso significava a mesma coisa: dormir. Por algum motivo, tive um "pressentimento" de que Niagara Falls era uma cidade "ruim" para os vagabundos, e por isso segui para o campo. Pulei uma cerca e caí num terreno. A polícia nunca me encontraria aqui, pensei. Deitei-me de costas na grama e dormi com um bebê. O clima estava tão agradavelmente cálido que não acordei uma só vez a noite inteira. Mas, ao primeiro raio de luz do dia, meus olhos abriram e me lembrei das maravilhosas cachoeiras. Saltei a cerca de novo e caminhei estrada abaixo para admirá-las

---

* No original, *gondola*. (N. E.)

uma vez mais. Era bem cedo – não passava das cinco –, e antes das oito horas não daria para ir atrás do meu café da manhã. Assim, pelo menos poderia passar aquelas três horas nas margens do rio. Porém (que lástima!) eu estava fadado a nunca mais ver o rio nem aquelas quedas d'água.

A cidade ainda dormia quando lá entrei. À medida que caminhava pela rua silenciosa, vi três homens andando juntos, na calçada, em minha direção. Vagabundos, pensei, que como eu levantaram cedo. Nisso eu não estava de todo correto. Ou melhor, apenas 66% (ou dois terços) certo. Os homens nas extremidades eram vadios, realmente, mas não o do meio. Afastei-me para a borda da calçada, para deixar o trio passar. Mas ele não passou. Obedecendo a uma palavra qualquer do indivíduo do centro, todos pararam – e justo o do meio veio falar comigo.

Entendi na hora o que estava acontecendo. Aquele era um "meganha" à paisana, e os dois vagabundos, seus prisioneiros. A lei estava de pé e atrás dos vermes madrugadores. E eu era um deles. Se já estivesse calejado pelas experiências que passaria nos meses seguintes, teria dado as costas e corrido como o diabo. O guarda até poderia atirar em mim, mas teria de me acertar se quisesse me pegar. Na verdade, nunca me perseguiria, tendo em vista que dois vagabundos na mão valem mais do que um fugindo. Como um bobo, entretanto, fiquei no mesmo lugar. Nossa conversa foi curta.

– Em que hotel você está? – perguntou.

Ele me pegou nessa. Não estava em hotel nenhum e, como não sabia o nome de nenhuma hospedaria naquela cidade, não tinha o que dizer. Além disso, já andava na rua, muito cedo pela manhã. Tudo conspirava contra mim.

– Acabo de chegar – falei.

– Bem, dê meia-volta e vá andando na minha frente... mas não muito adiante. Há alguém que quer vê-lo.

Eu acabava de ser "grampeado". Sabia quem queria me ver. Com aquele "gambé" à paisana e os dois vagabundos em meu encalço (sob as ordens do primeiro), marchei à frente deles até a cadeia da cidade. Lá, fomos revistados e fichados. Já me esqueci

A ESTRADA

com qual nome fui registrado. Disse que me chamava Jack Drake, e quando me vasculharam encontraram cartas endereçadas a Jack London. Isso causou mais confusão e exigiu uma explicação... mas tudo isso se passou há tanto tempo que, até hoje, não me lembro se fui preso como Jack Drake ou Jack London*. De qualquer forma, com um nome ou outro, o registro ainda deve estar lá, no arquivo da prisão de Niagara Falls. Uma referência pode trazer à luz o assunto: a época foi em torno do final de junho de 1894. Apenas alguns dias após minha detenção, a grande greve ferroviária começou**.

Da sala do delegado, fomos levados ao *hobo**** e lá encarcerados. O *hobo* é aquela área da prisão onde os autores de pequenos delitos são confinados numa grande jaula de ferro. Já que os vagabundos constituíam o principal grupo de infratores menores, a tal "gaiola" ganhou este nome. Lá estavam muitos vadios que haviam sido pegos pela manhã; e a cada momento, a porta se abria e dois ou três mais eram jogados no meio da gente. Por fim, quando totalizávamos dezesseis, fomos levados para uma corte no

---

* Nos arquivos da prisão, Jack London foi registrado na ocasião com seu próprio nome. (N. T.)

** Durante a crise econômica de 1893, George Pullman impôs cortes de 25% a 40% ao pagamento dos salários dos funcionários de sua Pullman Palace Car Company, mas manteve todos os preços cobrados pela companhia inalterados. A ARU (American Railway Union) organizou, em 1894, um boicote nacional de todos os trens envolvidos com a companhia. Por causa disso, muitos trabalhadores foram demitidos. A ARU, então, convocou uma greve nacional no setor. Os empresários responderam, colocando vagões postais em trens que levavam os carros da Pullman, exigindo que a administração Cleveland usasse a lei antitruste Sherman para impedir que os sindicatos interferissem no direito de ir e vir, e na livre movimentação dos trens postais "híbridos", um esquema elaborado claramente, feito para convencer as autoridades a favorecê-los. O presidente Cleveland ficou do lado do patronato e autorizou o uso de tropas federais para garantir essas injunções. Essa foi uma das mais importantes greves ferroviárias dos Estados Unidos até então, liderada por Eugene V. Debs (1855-1926), principal dirigente da ARU, que, em seguida, foi preso por seis meses por obstruir o serviço postal. Na ocasião, 37 sindicalistas foram assassinados em Chicago, em confrontos com as tropas do governo. Depois disso, Debs se uniu ao Partido Socialista e, anos mais tarde, ajudou a fundar a IWW (Industrial Workers of the World). Foi candidato a presidente do país. (N. T.)

*** O termo *hobo* designa os vagabundos itinerantes que viajam juntos de trem pelos Estados Unidos, muitas vezes em busca de emprego. (N. T.)

andar de cima. E agora vou descrever fielmente o que ocorreu naquele tribunal, uma vez que meus sentimentos patrióticos e de cidadão norte-americano receberam ali um abalo do qual nunca se recuperaram totalmente.

Na sala encontravam-se os 16 prisioneiros, 2 intendentes e o juiz, que parecia desempenhar também a função de escrivão. Não havia testemunhas: nenhum cidadão de Niagara Falls estava no local para presenciar como a Justiça era administrada em sua comunidade.

O magistrado olhou para a lista de casos diante de si e chamou um nome. Um vagabundo se levantou. O juiz olhou para o aguazil.

– Vadiagem, meritíssimo – disse o subalterno.

– Trinta dias – respondeu o magistrado.

O vagabundo se sentou. O juiz, então, chamou outro nome, e o segundo detido se levantou.

O julgamento do primeiro durara apenas quinze segundos. O do próximo foi tão rápido quanto. O oficial de diligências disse:

– Vadiagem, meritíssimo.

Ao que ele retrucou:

– Trinta dias.

Assim prosseguiu, como um relógio, dando quinze segundos para cada vagabundo – e a mesma pena de trinta dias.

São um pobre rebanho de mudos, pensei. Mas espere até chegar a minha vez! Darei ao meritíssimo uma lição.

Na metade da audiência, o juiz, movido por algum capricho, concedeu a um de nós a oportunidade de falar. Quis o acaso que este homem não fosse um autêntico vagabundo. Não tinha nenhuma das marcas características do "vadio" profissional. Se aquele indivíduo tivesse se aproximado de nós, vejamos, enquanto estivéssemos esperando por um trem de carga, atrás de uma caixa d'água, teríamos, sem hesitação, o classificado de *gay-cat*.

---

* Termo muito específico utilizado pelos *hobos* norte-americanos do final do século XIX até os anos 1950 que designa os vagabundos jovens e inexperientes, aqueles que aceitam trabalhar ocasionalmente, ou um companheiro homossexual mais jovem de um vagabundo mais velho e experiente. (N. T.)

A ESTRADA

Esta palavra é sinônimo de novato no Mundo dos Vagabundos. Pois esse *gay-cat* já tinha idade bem avançada – em torno de 45 anos, me parece. Seus ombros eram levemente caídos, e o rosto, bastante curtido pelo clima.

Ele contou que, por muitos anos, dirigira carroças para alguma empresa (se me lembro corretamente) em Lockport, Nova York. A firma deixara de prosperar e, finalmente, nos tempos difíceis de 1893, falira.* Ele permaneceu na companhia até esta fechar as portas, ainda que, na última fase, tenha trabalhado de maneira irregular. Continuou. Explicou longamente sua dificuldade para arranjar serviço (quando tantos estavam desempregados) durante os meses seguintes. Até decidir que poderia encontrar melhores oportunidades na região dos Lagos e foi a Buffalo. É claro que não tinha um tostão no bolso – e lá estava ele agora. Isso era tudo.

– Trinta dias – disse o meritíssimo, chamando o nome do vagabundo seguinte.

Este se levantou.

– Vadiagem, meritíssimo – disse o aguazil.

E sua excelência retrucou:

– Trinta dias.

Assim continuou, quinze segundos e trinta dias para cada um. A máquina da Justiça girava sem empecilhos. O mais provável (considerando que ainda era muito cedo) era que o meritíssimo não tivesse sequer tomado o café da manhã, por isso tinha tanta pressa.

Mas meu sangue norte-americano borbulhava. Atrás de mim, erguiam-se muitas gerações de meus ancestrais, que haviam lutado e morrido, entre outras coisas, pelo direito de serem julgados por um júri. Essa era minha herança sagrada, manchada pelo próprio sangue, e cabia a mim defendê-la. Tudo bem, pensei, espere só até chegar a minha vez.

---

* A crise econômica de 1893, que durou até 1898, foi a segunda pior da história dos Estados Unidos. Entre junho e dezembro de 1893, cerca de 8 mil negócios, 360 bancos e 156 companhias ferroviárias faliram. O desemprego atingiu 20% da força de trabalho. Trabalhadores protestaram violentamente em todo o país. (N. T.)

Chegou o momento. Meu nome, seja lá qual fosse, foi chamado, e então me levantei. O oficial de diligências disse:

– Vadiagem, meritíssimo.

Na mesma hora, comecei a falar. O juiz, contudo, me interpelou naquele exato instante:

– Trinta dias.

Tentei protestar, mas o magistrado já chamava o nome do próximo réu da lista. Fez uma pausa apenas o suficiente para me dizer: "Cale-se!". Em seguida, o aguazil me forçou a sentar. E no momento seguinte, depois de aquele indivíduo receber trinta dias, o próximo vadio já se preparava para ouvir sua sentença.

Após todos nós termos sido condenados (trinta dias para cada um), o meritíssimo, na hora de nos mandar embora, subitamente se voltou para o transportador de Lockport, o único que ele permitira falar.

– Por que você largou o seu emprego? – perguntou.

Agora, aquele homem que já havia explicado que, na realidade, fora o emprego que o abandonara, ficou surpreso com a pergunta.

– Meritíssimo – começou, confuso –, não seria esta uma pergunta estranha de se fazer?

– Mais trinta dias por largar o emprego – disse sua excelência. E a sessão foi encerrada. Este, portanto, foi o resultado. Aquele homem pegou sessenta dias de condenação, enquanto o restante de nós, apenas trinta.

Fomos levados para o andar inferior e trancados, e só então nos serviram o café da manhã. Por sinal, muito bom, considerando que ali era uma prisão – e o melhor que eu teria pelo próximo mês.

Ainda estava atordoado. Tinha sido sentenciado após um julgamento farsesco, no qual tive negado não apenas meu direito a um júri, mas também meu direito a me declarar culpado ou inocente. Outra coisa pela qual meus ancestrais haviam lutado passou naquela hora por minha cabeça – o *habeas corpus*. Mostraria a eles! Mas quando requisitei um advogado, riram de mim. O *habeas corpus* era algo muito bom, mas do que me adiantaria se eu não podia me comunicar com ninguém fora da cadeia?

A ESTRADA

Mas eu mostraria a eles! Não poderiam me manter preso para sempre. Esperem só até eu sair daqui. Isso é tudo, pensava. Eu os faria pagar por aquilo. Conhecia suficientemente a lei e os meus direitos, e iria expor a péssima administração da Justiça. Visões de processos por danos e manchetes sensacionais nos cabeçalhos dos jornais dançavam diante de meus olhos, quando os carcereiros entraram, começaram a nos enxotar para fora dali e a nos empurrar para dentro de uma sala maior.

Um policial colocou uma algema no meu pulso direito. (Ah-ah, pensei, uma nova indignidade. Espere só até eu sair daqui.) No pulso esquerdo de um negro, prendeu a outra algema daquele par. Era um homem de estatura elevada, bem acima de 1,80 metro – tão alto que, quando ficamos lado a lado, sua mão suspendia a minha ligeiramente. Além disso, era o negro mais contente e esfarrapado que já conhecera[*].

Fomos todos algemados de maneira similar, aos pares. Em seguida, uma reluzente corrente de aço niquelado foi trazida, passada pelos elos das algemas, e trancada à frente e atrás da fila dupla. Éramos agora um grupo de prisioneiros acorrentados. A ordem para marchar foi dada, e saímos para a rua, observados por dois guardas. O negro alto e eu tínhamos o lugar de honra. Liderávamos a procissão.

Depois da escuridão sepulcral da cadeia, o brilho do sol, lá fora, parecia deslumbrante. Nunca o achei tão aconchegante como naquele instante. Aprisionado por correntes barulhentas, sabia que deixaria de vê-lo pelos próximos trinta dias.

Descendo as ruas de Niagara Falls, seguimos até a estação ferroviária, observados por transeuntes curiosos e, em especial, por um grupo de turistas na varanda de um hotel, do qual passamos em frente.

A corrente estava bastante folgada, e, em meio aos rangidos, nos acomodamos, de dois em dois, nos assentos do vagão de fumantes. Ainda que estivesse inflamado de indignação pelo ultraje que tinha sido perpetrado contra mim e meus ancestrais, eu era

---

[*] Este personagem foi mencionado anteriormente no capítulo "Instantâneos". (N. T.)

demasiadamente prático para perder a cabeça com aquilo. Era tudo novidade para mim. Trinta dias de mistério estavam diante de mim, e eu olhava ao redor para ver se achava alguém que pudesse me dar detalhes do que iria acontecer, já que sabia que não estávamos destinados a uma simples cadeia qualquer, com cento e tantos detentos, mas a uma grande penitenciária, com uns 2 mil presidiários que cumpriam penas que variavam entre dez dias e dez anos de prisão.

No assento atrás do meu, atrelado à corrente pelo pulso, estava um homem atarracado, pesado e de músculos avantajados. Devia ter entre 35 e 40 anos. Eu o avaliei da cabeça aos pés. Nos cantos de seus olhos, percebi humor, alegria e bondade. Quanto ao restante, era uma besta bruta, totalmente amoral, com toda paixão e violência túrgida de uma fera selvagem. O que o salvava, o que o tornava aceitável para mim, eram aqueles cantos dos olhos – o humor, o riso e a bondade de um animal adormecido.

Ele era a pessoa com quem eu deveria travar amizade. Fui com a cara dele. Enquanto o trem seguia para Buffalo e meu companheiro de algemas, o negro alto, se lamentava, entre risos convulsivos, dizendo estar seguro de que sua roupa lhe seria confiscada na prisão, eu conversava com o homem sentado atrás de mim. Ele tinha um cachimbo vazio. Enchi-o com o meu precioso tabaco – o suficiente para, de uma só vez, enrolar uma dúzia de cigarros. E, quanto mais falávamos, mais seguro eu estava de que ele era a pessoa que poderia me ajudar na prisão; então compartilhei todo o meu tabaco com ele.

Agora, o fato é que sou um tipo de organismo bastante fluido, com amor à vida o suficiente para me adaptar a quase todas as situações. Decidi me entrosar com aquele homem, ainda que nem sequer imaginasse quão isso me seria benéfico. Ele nunca havia estado naquela penitenciária para a qual estávamos indo, mas cumprira "um", "dois" e "cinco anos" em várias outras; por isso, não lhe faltava conhecimento. Tornamo-nos bem íntimos, e meu coração bateu mais forte quando ele me avisou para fazer o que mandasse. Ele se chamava "Jack", como eu.

O trem parou na estação, a uns oito quilômetros de Buffalo, e nós, do grupo dos acorrentados, descemos. Não me lembro do nome daquela parada, mas estou certo de que era um desses: Rocklyn, Rockwood, Black Rock, Rockcastle ou Newcastle. Seja lá qual fosse o nome do lugar, nos mandaram andar uma curta distância e, em seguida, nos colocaram num bonde antigo, com um banco corrido de cada lado. Todos os passageiros sentados em uma das laterais foram requisitados a se mudar para a outra, e então, com grande estardalhaço e ruídos da corrente, tomamos o lugar deles. Lembro-me de que os olhávamos, bem à nossa frente, e me recordo também da expressão de espanto no rosto das mulheres, que deviam achar que éramos, sem dúvida, assassinos e ladrões de banco sentenciados. Fiz a cara mais malvada que podia, mas aquele meu companheiro de algemas, o negro sorridente, não parava de revirar os olhos, rindo e reiterando:

– Oh, Céus! Oh, Céus!

Saímos do bonde, andamos mais um pouco e fomos levados para a secretaria da Penitenciária do Condado de Erie, onde tivemos de nos registrar; por isso, um ou outro dos meus nomes deve estar em seus arquivos. Além disso, fomos informados de que deveríamos deixar ali todos os nossos pertences: dinheiro, tabaco, fósforos, canivetes, e daí por diante.

Meu novo amigo sacudiu a cabeça negativamente para mim.

– Se não deixarem as coisas aqui, elas serão confiscadas lá dentro – avisou o funcionário.

Ainda assim, meu amigo meneou a cabeça. Tinha as mãos ocupadas, dissimulando os movimentos atrás dos outros presos. (Nossas algemas já haviam sido removidas.) Observei-o e o imitei, embrulhando no meu lenço todas as coisas que eu queria levar para dentro. Metemos tudo em nossas camisas. Notei que nossos companheiros prisioneiros, com a exceção de um ou dois que tinham relógios, não entregaram seus pertences ao funcionário da secretaria. Estavam determinados a levá-los para dentro de alguma forma, confiando na sorte. Mas não eram tão espertos como meu amigo e não embrulharam as coisas em trouxas.

Nossa escolta recolheu as algemas e a corrente, e partiu de volta para Niagara Falls, enquanto nós, entregues aos novos guardas, fomos conduzidos para a prisão. Quando estávamos na secretaria, nosso número havia aumentado com a chegada de

JACK LONDON

outros grupos de prisioneiros, e agora éramos uma procissão de quarenta ou cinquenta homens.

Pois saibam – vocês que nunca foram presos – que a movimentação dentro de uma grande prisão é tão restrita quanto o comércio na Idade Média. Uma vez no interior de uma penitenciária, não se pode ir para onde quiser. Todos os nossos passos levam a portões de aço, sempre trancados. Íamos ao barbeiro, mas houve atrasos no destrancamento das portas. Ficamos, portanto, longo tempo no primeiro pavilhão em que entramos. Um pavilhão não é um corredor. Imaginem um cubo oblongo de tijolos se erguendo até seis andares de altura, cada andar com uma fileira de celas – digamos, cinquenta delas em sequência. Em resumo, imaginem um colossal favo de mel em forma de cubo. Ponham este cubo no chão e o coloquem dentro de um edifício com teto alto e paredes por todos os lados. Tal cubo e o edifício que o contém constituem um pavilhão na Penitenciária do Condado de Erie. Para completar o quadro, acrescentem a galeria estreita, com o corrimão de aço correndo ao longo de cada fileira de celas, e, nas pontas do cubo oblongo, imaginem todas essas galerias, de ambos os lados, conectadas por um sistema de saída de incêndio, com estreitas escadas de aço.

Tivemos de parar no primeiro pavilhão e esperar algum guarda destrancar a porta. Aqui e ali, de um lado ao outro, presos se moviam com a cabeça raspada, rosto barbeado e uniformes listrados. Percebi um deles lá em cima, na galeria do terceiro andar de celas. Estava em pé, debruçado no corrimão, aparentemente indiferente à nossa presença. Parecia olhar para o vazio. Meu amigo deu um leve assovio. O condenado olhou para baixo. Trocaram sinais com as mãos. Então, a trouxa feita com o lenço do meu amigo voou para cima. O detento entendeu o que se passava e, como um raio, pegou-a e a escondeu na camisa, continuando a olhar para o vazio. Meu amigo falou para eu fazer o mesmo. Vi minha oportunidade quando o guarda deu as costas, e minha trouxa também seguiu para dentro da camisa do presidiário.

Um minuto depois a porta foi destrancada e enchemos a barbearia. Lá havia mais homens de uniformes listrados: eram os barbeiros da prisão. Viam-se também banheiras, água quente,

98

A ESTRADA

sabão e escovões. Ordenaram que nos despíssemos e nos banhás-semos, cada homem tendo de esfregar as costas do vizinho – uma precaução desnecessária esse banho compulsório, já que a prisão estava infestada de vermes. Após o banho, foi dada a cada um de nós uma sacola de lona.

– Coloquem todas as suas roupas nas sacolas – disse o guar-da. – Não adianta tentar levar nada para dentro. Façam fila, nus, para a inspeção. Os homens sentenciados a apenas trinta dias ou menos podem ficar com os sapatos e os suspensórios. Aqueles com penas superiores, não ficam com nada.

Essa ordem foi recebida com consternação. Como poderiam os homens, nus, esconderem algo da inspeção? Apenas meu amigo e eu havíamos nos safado. Foi justamente nessa hora que os barbeiros presidiários começaram seu trabalho. Passavam entre os pobres recém-chegados, voluntariando-se gentilmente para guardar seus preciosos pertences e prometendo devolvê-los mais tarde, naquele mesmo dia. Quem os ouvisse falar acharia que aqueles barbeiros eram uns filantropos. Como no caso de Fra Lippo Lippi[*], nunca houve tal reconhecimento instantâneo. Fósforos, tabaco, papel para cigarros, cachimbos, facas, dinheiro, tudo ia para as camisas abertas dos barbeiros. Eles literalmente incharam com o espólio – e os guardas fingiam não ver nada. Para encurtar a história, nada jamais foi devolvido. Os barbeiros nunca tiveram qualquer intenção de entregar o que tinham pegado. Consideravam aquilo legitimamente deles. Era o butim da barbearia. Havia muitos butins naquela prisão, como eu des-cobriria mais tarde. E eu também estava destinado a me tornar um espoliador – graças ao meu novo amigo.

Havia várias cadeiras, e os barbeiros trabalhavam rápido. Os mais velozes barbeares e cortes de cabelo que eu já vira eram feitos naquele local. Os homens espalhavam, eles mesmos, a espuma na cara, e os barbeiros os barbeavam numa média de um minuto

---

[*] No poema "Fra Lippo Lippi", de Robert Browning, incluído em *Men and Women*, publicado em 1855, Lippi, um monge pintor, narra com humor a história de sua vida. Ele conta como entrou, ainda criança, num convento carmelita, onde traba-lhou como pintor para decorar a igreja, até seu modo de vida na época. (N. T.)

cada. Os cortes de cabelo demoravam um pouquinho mais. Em três minutos, rasparam meu bigodinho ralo de dezoito anos e deixaram minha cabeça lisa como uma bola de bilhar, restando apenas uns poucos pelos eriçados. Barbas, bigodes, assim como nossas roupas e tudo mais, foram tirados de nós. Acreditem, quando terminaram o serviço, parecíamos uma gangue de vilões malvados. Antes, eu não me dera conta de como realmente tínhamos cara de mau.

Em seguida, mandaram-nos fazer uma fila, quarenta ou cinquenta de nós, nus como os heróis de Kipling que tomaram Lungtungpen de assalto*. Revistar-nos foi fácil: estávamos apenas com os sapatos. Dois ou três espíritos mais audaciosos, que haviam duvidado dos barbeiros, tiveram pertences encontrados consigo: tabaco, cachimbos, fósforos e pequenos trocados, que foram rapidamente confiscados. Terminado isso, nos trouxeram novas roupas: camisas grosseiras, casacos e calças, tudo listrado. Eu sempre tivera a impressão de que as listras do presidiário só eram colocadas num homem depois que ele tivesse sido condenado por um crime. Deixei logo de pensar nisso, pus a insígnia da vergonha e senti pela primeira vez o gosto de marchar atrás das grades.

Numa fila única, com as mãos nos ombros do homem da frente, marchamos até outro grande pavilhão. Ali, fomos alinhados contra a parede, e nos ordenaram a arregaçar a manga de nosso braço esquerdo. Um jovem estudante de medicina que treinava em cobaias como nós percorreu a fileira. Vacinou a todos quase quatro vezes mais rápido do que os barbeiros rasparam nossas barbas. Com um aviso final para evitarmos esfregar os braços contra qualquer coisa e para deixarmos o sangue secar, até formar uma casca, fomos levados para nossas celas. Aqui meu amigo e eu nos separamos. Mas ele ainda teve tempo de sussurrar para mim:

– Chupa a vacina e cospe.

Logo após ser trancado na cela, chupei meu braço até tirar tudo. Depois, vi homens que não tinham feito o mesmo com

---

* Na história cômica de Kipling, *The Taking of Lungtungpen*, de 1888, vários soldados ingleses ficam nus para atravessar um riacho e tomar a cidade indiana de Lungtungpen. (N. T.)

A ESTRADA

buracos horríveis nos braços, tão grandes que eu poderia ter colocado meu punho inteiro dentro deles. Foi culpa deles. Afinal, poderiam ter chupado e cuspido a vacina[*].

Na minha cela havia outro indivíduo. Seríamos companheiros de prisão. Era um sujeito jovem e viril, de pouca conversa, mas muito esperto. Realmente, um sujeito tão esplêndido quanto qualquer um que se poderia conhecer em qualquer lugar, apesar do fato de ele ter, pouco tempo antes, terminado de cumprir uma pena de dois anos em alguma penitenciária de Ohio.

Não tínhamos ficado nem meia hora trancafiados, quando um presidiário passou pela galeria e olhou para dentro de nossa cela. Era meu amigo. Tinha liberdade para circular pelo pavilhão, explicou. Destrancavam-no às seis da manhã e ele só era fechado de novo às nove da noite. Era muito próximo do chefão da ala e fora nomeado de pronto preso de confiança, do tipo tecnicamente conhecido como homem de pavilhão. O indivíduo que o nomeara era também um prisioneiro de confiança e conhecido como primeiro homem de pavilhão. Havia treze com essa função naquele lugar. Dez deles se encarregavam de cada uma das galerias de celas, e, acima deles, hierarquicamente, estavam o primeiro, o segundo e o terceiro homens de pavilhão.

Nós, recém-chegados, deveríamos ficar em nossas celas pelo restante do dia, meu amigo me informou, para que a vacina pudesse agir. Então, na manhã seguinte, iríamos para os trabalhos forçados no pátio.

– Mas vou tirá-lo do trabalho tão logo puder – prometeu. – Vou dar um jeito de demitir um dos homens de pavilhão e colocar você no lugar dele.

Em seguida, ele colocou a mão dentro da camisa, tirou o lenço contendo meus preciosos pertences, passou-os para mim pelas barras de ferro e continuou a andar pela galeria.

---

[*] O trecho em que London descreve o ato de chupar e cuspir a vacina foi omitido da primeira publicação de "Grampeado", na versão serializada da revista *Cosmopolitan*, mas foi incluído por ele no formato de livro, na primeira edição de *The Road*, em 1907. (N. T.)

JACK LONDON

Abri a trouxa. Tudo estava lá. Não faltava sequer um fósforo. Compartilhei o material para fazer cigarros com meu companheiro de cela. Quando ia riscando um fósforo, ele me deteve. Uma colcha suja, horrível, cobria cada um de nossos beliches. Ele rasgou uma estreita tira de linho fino, enrolou-a bem apertada e "telescopicamente" colocou-a dentro de um cilindro longo e delgado. Acendeu o cilindro de algodão bem enrolado com o fósforo, mas este não inflamou. Na ponta, uma brasa ardia lentamente. Duraria várias horas. Meu companheiro de cela chamava isso de um *punk*. Quando a brasa queimasse até ficar baixa, tudo o que seria necessário era fazer um novo *punk*, colocar sua ponta em outro similar, assoprá-la e transferir a brasa luminescente. Quem diria, poderíamos ter dado dicas a Prometeu sobre a arte da conservação do fogo.

Ao meio-dia o almoço foi servido. No pé da porta de nossa jaula, havia uma pequena abertura, parecida com a entrada de um galinheiro. Por ela, empurraram dois nacos de pão seco e duas tigelas de "sopa". Uma porção de sopa consistia em cerca de um quarto de litro de água quente, com uma gota solitária de gordura flutuando na superfície. E também um pouco de sal.

Bebemos a sopa, mas não comemos o pão. Não que não estivéssemos com fome nem que o pão fosse incomível. Era até razoavelmente bom. Mas tínhamos nossas razões. Meu companheiro havia descoberto que nossa cela estava infestada de percevejos. Em todas as rachaduras e interstícios entre os tijolos onde a argamassa havia caído floresciam grandes colônias deles. Os "nativos" mais ousados até mesmo se aventuravam a sair à luz do dia e pululavam pelas paredes e tetos às centenas. Meu companheiro de cela tinha a sabedoria dos animais. Como Childe Roland*, fez soar a trombeta do combate. Nunca houve tamanha batalha! Durou horas. Não ficou pedra sobre pedra. E, quando os últimos sobreviventes fugiram para seus abrigos de tijolo e

---

* Childe Roland, numa antiga balada escocesa, é um filho do rei Arthur. Neste caso específico, London se refere aos últimos versos do poema "Childe Roland to the Dark Tower Came", de Robert Browning, incluído em "Dramatic Romances", publicado em *Men and Women*, em 1855. (N. T.)

A ESTRADA

reboco, nosso trabalho ainda não chegara à metade. Mastigamos, de boca cheia, nosso pão, até ser reduzido à consistência de uma pasta. Quando um dos percevejos beligerantes em fuga escapava para dentro de uma fenda entre os tijolos, na mesma hora o emparedávamos com o pedaço de pão mastigado. Continuamos o combate até o escurecer do dia, até que cada buraco, recanto ou fissura fosse tapado. Estremeço só de pensar nas tragédias de fome e de canibalismo que devem ter ocorrido atrás daquelas muralhas cobertas de pão mastigado.

Jogamo-nos em nossos catres, esgotados e famintos, à espera do jantar. Tinha sido um bom dia de trabalho cumprido. Nas semanas por vir, pelo menos, não sofreríamos os ataques daqueles vermes. Tínhamos deixado passar nosso almoço e protegido nosso esconderijo à custa de nosso estômago; contudo, estávamos satisfeitos. Ah, mas como é fútil o esforço humano! Mal havíamos completado nossa longa tarefa quando um guarda destrancou a porta. Estavam efetuando uma redistribuição dos prisioneiros, e fomos levados para outra cela, onde fomos trancafiados duas galerias acima.

Bem cedo, na manhã seguinte, nossas celas foram destrancadas e centenas de prisioneiros formaram uma fila indiana e marcharam pelo pavilhão até o pátio, do lado de fora, para trabalhar. O canal de Erie corre bem nos fundos da penitenciária. Nossa tarefa era descarregar barcos do canal e transportar enormes peças de metal, como dormentes de ferrovias, sobre nossos ombros, para dentro da prisão. Enquanto trabalhava, avaliei a situação e estudei as possibilidades de uma fuga. Não havia a menor chance. Ao longo das muralhas, marchavam guardas armados com rifles de repetição, e me disseram, além do mais, que havia metralhadoras nas torres de sentinela.

Não me preocupei. Trinta dias não era muito tempo. Ficaria esse tempo lá e o acrescentaria ao estoque de materiais que eu pretendia usar, quando saísse, contra as harpias da Justiça. Eu lhes mostraria o que um simples garoto norte-americano poderia fazer quando seus direitos e privilégios lhe são negados da forma como foram os meus. Tinham me negado o direito a um julgamento por um júri; tinham me negado o direito de me declarar culpado

103

ou inocente; tinham me negado até mesmo um julgamento de verdade (já que eu não poderia considerar que o que ocorrera em Niagara Falls tivesse sido, de fato, um julgamento); não me deram permissão de me comunicar com um advogado nem com mais ninguém; e, portanto, tive negado meu direito a pedir um *habeas corpus*. Minha cara fora raspada, meu cabelo cortado rente à pele e listras de presidiário foram colocadas sobre meu corpo; fui forçado a trabalhar duro num regime de pão e água e a marchar naquela vergonhosa fila indiana, com guardas armados em cima de mim – e tudo isso por quê? O que eu havia feito? Que crime cometera contra os bons cidadãos de Niagara Falls para que toda essa vingança caísse sobre mim? Não tinha sequer violado sua proibição de dormir na rua. Eu dormira fora de sua jurisdição, no campo, aquela noite. Não havia sequer mendigado por comida ou pedido uma "esmolinha" nas ruas. Tudo o que eu tinha feito era andar pelas calçadas e olhar para as míseras cascatas. E que crime havia nisso? Tecnicamente, eu não era culpado de nenhum delito. Tudo bem, eu mostraria a eles quando saísse dali.

No dia seguinte, falei com um guarda. Queria solicitar um advogado. Ele riu de mim. E todos os outros fizeram o mesmo. Eu realmente estava incomunicável no que dizia respeito ao mundo exterior. Tentei escrever uma carta para fora, mas descobri que todas eram lidas, censuradas ou confiscadas pelas autoridades da prisão, e que os presos com penas leves não tinham permissão de escrever cartas de nenhuma forma. Um pouco depois, tentei passar cartas para fora por intermédio de homens que haviam sido libertados, mas descobri que eram revistados, e a correspondência, destruída. Deixa para lá! Tudo isso só contribuía para tornar este caso ainda mais negro quando eu saísse.

Mas, à medida que os dias na prisão passavam (o que descreverei no próximo capítulo), descobri um bocado de coisas. Ouvi histórias inacreditáveis e monstruosas sobre a polícia, os julgamentos e os advogados. Prisioneiros me contaram experiências pessoais horríveis com a polícia das grandes cidades. E mais horríveis eram as histórias que tinham ouvido contar sobre homens que haviam morrido nas mãos da polícia e que, portanto, não poderiam confirmá-las pessoalmente. Anos mais tarde, no

A ESTRADA

relatório do Comitê Lexow*, eu leria histórias verdadeiras e mais horríveis que aquelas. Mas, durante os primeiros dias da minha prisão, eu achava graça no que ouvia.

À medida que os dias passavam, comecei a me convencer. Vi com meus próprios olhos, naquela prisão, coisas inacreditáveis e monstruosas. E, quanto mais convencido ficava, mais aumentava meu temor pelos cães de guarda da lei e por toda a instituição da justiça criminal.

Minha indignação se dissipou e, para dentro de mim, começaram a deslizar as correntes do medo. Finalmente vi, claramente, o que enfrentava. Tornei-me medroso e submisso. A cada dia, de forma mais enfática, eu me decidia a não causar nenhum escândalo quando saísse dali. Tudo o que pedia, quando já estivesse do lado de fora, era uma chance de sumir daquele lugar. E foi exatamente o que fiz ao ser libertado. Guardei minha língua na boca e, sem alarde, fui embora para a Pensilvânia, agora um homem mais sábio e humilde.

---

* Comissão dirigida por Clarence Lexow (1852-1910) que, em 1894, investigou a corrupção no Departamento de Polícia de Nova York. (N. T.)

A PENITENCIÁRIA

Por dois dias, trabalhei pesado no pátio da prisão. Mesmo procurando descansar em cada oportunidade que podia, estava esgotado. E tudo por causa da comida. Homem nenhum aguentaria aquele duro labor se alimentando tão mal. Pão e água era tudo que nos era dado. Uma vez por semana, deveríamos ganhar carne, mas isso nem sempre ocorria. De qualquer forma, considerando que todos os nutrientes já haviam se perdido (quando fora fervida na preparação da sopa), não importava se a colocávamos na boca uma vez por semana ou não.

Além do mais, havia um problema vital nessa dieta pobre: apesar de ganharmos muita água, quase não recebíamos pão. Uma ração de pão era mais ou menos do tamanho de dois punhos; e três rações por dia eram servidas para cada prisioneiro. Mas devo dizer que havia uma coisa boa a respeito da água: era quente. Pela manhã era chamada de "café"; ao meio-dia, ganhava a dignidade de uma "sopa"; e, à noite, era mascarada como "chá". Ainda assim, era a mesma água o tempo todo. Os prisioneiros a chamavam de "água enfeitiçada". De manhã, era negra – a cor era o resultado de ter sido fervida com crostas de pão queimadas. Ao meio-dia, era servida incolor, com um pouco de sal e uma gota de gordura. À noite, tinha uma coloração castanho-arroxeada que desafiava qualquer especulação – era um chá pobre e infecto... mas uma bela água quente.

Éramos um bando de esfomeados na Penitenciária do Condado de Erie. Somente aqueles que cumpriam penas mais longas sabiam o que era ter o suficiente para comer. A razão para isso é que teriam morrido depois de um tempo se comessem a ração que nós, os condenados a penas leves, recebíamos. Sei que os que iriam ficar muito tempo ali ganhavam uma boia substancial, porque havia uma fileira inteira deles no piso térreo de nosso pavilhão; quando eu era um prisioneiro de confiança, costumava roubar seu rango enquanto o servia a eles. O homem não pode viver apenas de pão, principalmente se não recebe o suficiente dele.

Meu amigo era responsável pela entrega dos alimentos. Depois de dois dias de trabalho no pátio, fui tirado de minha cela e nomeado prisioneiro de confiança, homem de pavilhão. De manhã e à noite, servíamos o pão aos presidiários em suas celas; mas, ao meio-dia, um método diferente era empregado. Os condenados marchavam de volta do trabalho numa longa fila. À medida que entravam pela porta de nossa ala, interrompiam o passo e baixavam as mãos encostadas nos ombros dos companheiros de fila. Lá dentro, empilhadas, estavam bandejas de pão, assim como o primeiro homem de pavilhão e dois auxiliares. Eu era um desses dois. Nossa tarefa era segurar as bandejas de pão conforme a fila de presidiários passava por elas. Logo que a bandeja, digamos, que eu estivesse segurando fosse esvaziada, o segundo auxiliar tomava meu lugar com outra cheia. E quando a dele ficasse vazia eu ocupava seu posto de novo. Portanto, a fila avançava continuamente, cada homem esticando a mão direita e pegando uma ração de pão do tabuleiro estendido.

A tarefa do primeiro homem de pavilhão era diferente. Ele segurava um porrete e ficava ao lado da bandeja, observando. Os pobres esfomeados nunca deixavam de acreditar que, em algum momento, poderiam pegar dois pedaços de pão da bandeja. Mas, enquanto estive lá, o momento nunca chegou. O porrete do primeiro homem de pavilhão descia como um raio – tão rápido quanto o ataque de um tigre – na mão de quem ousasse tentá-lo. Ele avaliava bem a distância: tinha esmagado tantas mãos com aquele porrete que se tornara infalível. Nunca errava, e normalmente punia o condenado transgressor lhe tirando sua única ração e mandando-o para a cela, onde teria de se contentar apenas com uma refeição de água quente.

A ESTRADA

E, por vezes, quando todos aqueles indivíduos iam se deitar, famintos, em suas celas, cheguei a ver cerca de cem rações extras de pão escondidas no xadrez dos homens de pavilhão. Pode parecer absurdo reter todo esse pão. Mas era uma de nossas razias. Éramos mestres em economia em nosso saguão, controlando as operações de maneira muito similar à dos magnatas da civilização capitalista. Controlávamos o fornecimento de comida da população carcerária e, assim como nossos irmãos bandidos do lado de fora, fazíamos com que as pessoas pagassem por isso. Revendíamos o pão. Uma vez por semana, os homens que trabalhavam no pátio recebiam um naco de cinco centavos de tabaco para mascar, o qual era a moeda daquele reino. Duas ou três rações de pão por uma réstia de fumo era nossa forma de comerciar. E eles aceitavam a troca, não porque gostassem menos de tabaco, mas porque precisavam mais de pão. Oh, eu sei, era como roubar doce de criança... mas o que eu podia fazer? Tínhamos de viver. E por certo deveria haver alguma recompensa para a iniciativa e o empreendimento. Além disso, não fazíamos nada mais que emular nossos superiores fora das muralhas, os quais, numa escala maior, e sob o respeitável disfarce de mercadores, banqueiros e capitães da indústria, faziam exatamente o que estávamos fazendo. Que coisas horríveis teriam acontecido àqueles pobres infelizes se não tivesse sido por nós, não posso nem imaginar. Deus sabe como colocamos o pão em circulação na Penitenciária do Condado de Erie. Ah, e encorajávamos a frugalidade e a poupança... aos pobres-diabos que se privavam de seu fumo. E então havia nosso exemplo. No íntimo de cada condenado, implantamos a ambição de se equiparar a nós e dirigir um negócio. Acho que éramos, de fato, os salvadores da sociedade.

Vejamos aqui um homem faminto, sem nenhum tabaco. Talvez fosse um profligador que tivesse fumado tudo sozinho. Muito bem, ele tinha um par de suspensórios. Eu os trocava por meia dúzia de rações de pão – ou por uma dúzia de rações, se estes fossem muito bons. Agora, eu, pessoalmente, nunca usei suspensórios. Mas isso não importava. Numa cela no canto havia um condenado cumprindo dez anos por homicídio. Usava o acessório e queria um par. Poderia trocá-los por um pouco de sua carne.

109

Isso era o que eu queria. Ou talvez ele tivesse um livro, ainda que amassado e com a capa desgastada: um verdadeiro tesouro. Eu poderia lê-lo e depois trocá-lo com os padeiros por um bolo, ou com os cozinheiros por carne e legumes, ou com os foguistas por um café decente, ou com qualquer outro sujeito por jornais que ocasionalmente entravam lá, só Deus sabe como. Todos eles eram prisioneiros como eu e ficavam alojados em nosso pavilhão, na primeira fileira de celas acima de nós.

Resumindo, um sistema completo de trocas e esquemas na Penitenciária do Condado de Erie. Havia até mesmo dinheiro em circulação, que era, às vezes, introduzido pelos condenados a penas leves. Mais frequentemente, vinha do butim da barbearia, onde os recém-chegados eram despojados dele; mas a maior parte provinha das celas dos presos com pena longa – ainda que eu não soubesse como o conseguiam.

Por causa de sua posição proeminente, o primeiro homem de pavilhão tinha a reputação de ser bastante rico. Além de armações e negociatas variadas, ele também tirava de nós. Explorávamos a miséria geral, e ele era o chefe que, ao mesmo tempo, nos comandava e tirava de nós. Realizávamos nossos negócios particulares com sua permissão e tínhamos de pagar por aquela licença. Como digo, ele tinha fama de ser abastado, mas nunca vimos seu dinheiro, já que vivia numa cela sozinho, em solitária grandeza.

Mas eu tinha evidências diretas de que se conseguia dinheiro na penitenciária, já que fui companheiro de cela, por um bom tempo, de um terceiro homem de pavilhão. Ele tinha mais de dezesseis dólares. Costumava contar o dinheiro todas as noites, depois das nove horas, quando éramos trancados. Além disso, me dizia cada noite o que faria comigo se eu o denunciasse aos outros homens de pavilhão. É que tinha medo de ser roubado, e o perigo o ameaçava de três direções diferentes. Primeiro, havia os guardas. Um par deles poderia pular sobre o homem, dar-lhe uma boa surra por suposta insubordinação e jogá-lo numa "solitária" (a masmorra) – e, na confusão, aqueles dezesseis dólares ganhariam asas. Por sua vez, o primeiro homem de pavilhão poderia lhe tirar tudo se ameaçasse demiti-lo e mandá-lo de volta para os trabalhos forçados no pátio da prisão. E, finalmente, havia dez de nós, homens de pavilhão ordinários. Se tivéssemos uma vaga ideia de sua riqueza, havia uma grande chance de que, num dia calmo qualquer, todo nosso grupo o encurralasse num canto e acabasse com ele. Oh, éramos lobos, acreditem – exatamente como os sujeitos que fazem negócios em Wall Street.

Ele tinha bons motivos para ter medo de nós, e eu também, para ter receio dele. Era um brutamontes, um ex-pirata de ostras da baía de Chesapeake, um "ex-presidiário" que cumprira cinco anos em Sing Sing e, em todos os sentidos, uma besta estúpida e carnívora. Ele costumava apanhar os pardais que voavam para dentro do nosso pavilhão por entre as barras de ferro. Quando fazia uma captura, corria com o pássaro na mão para sua cela, onde o vi mastigando ossos e cuspindo penas enquanto engolia o pássaro cru. Oh, não, nunca o denunciei aos outros homens de pavilhão. Esta é a primeira vez que menciono seus dezesseis dólares.

Mas fiz negócios com ele do mesmo jeito. Ele estava apaixonado por uma prisioneira confinada na ala feminina. Como não sabia ler nem escrever, eu costumava ler-lhe as cartas dela e escrever as respostas. E o fazia pagar por isso, também. Mas como eram boas as cartas. Eu me debruçava nelas, usava meus melhores fraseados e, além disso, a conquistei para ele, ainda que, secretamente, eu desconfie de que ela estivesse apaixonada não por ele, mas pelo humilde escriba. Repito, aquelas cartas eram ótimas!

Outro de nossos esquemas era "passar o pavio". Éramos os mensageiros celestiais, os portadores do fogo naquele mundo de cadeados e barras de ferro. Quando os homens chegavam do trabalho à noite e eram trancados nas celas, queriam fumar. Era, então, quando reanimávamos a chama divina, correndo pelas galerias, de cela em cela, com nossas iscas em brasa. Os mais sábios, ou aqueles com quem fazíamos negócios, tinham seus morrões prontos para serem acesos. Nem todo mundo ganhava sua chama divina. Quem se recusasse a pagar ia para a cama sem centelha e sem cigarro. Mas o que eles nos importavam? Tínhamos a espora imortal, e, se o sujeito desse uma de esperto, dois ou três de nós cairíamos em cima dele e lhe daríamos uma surra daquelas.

Vejam só, esta era a teoria dos homens de pavilhão. Havia treze de nós. Tínhamos cerca de meio milhar de prisioneiros em nosso setor. Deveríamos fazer nosso trabalho e manter a ordem. Esta última era função dos guardas, que nos foi delegada por eles. Dependia de nós manter a ordem; se não o fizéssemos, seríamos mandados de volta para o trabalho forçado e quem sabe até sentiríamos o gosto da masmorra. Mas, enquanto mantivéssemos a ordem, poderíamos continuar a realizar nossos golpes e trambiques sem problema.

Reflitam comigo por um momento e vejam a situação. Éramos treze brutos tentando controlar meio milhar de outros brutos. Aquela prisão era um inferno e dependia apenas de nós treze governá-la. Era impossível, considerando a natureza animal, controlar com gentileza. Controlávamos pelo medo. É claro que, atrás de nós, nos apoiando, estavam os guardas. Em casos extremos, apelávamos para sua ajuda, mas os incomodaria muito se os chamássemos com frequência – e, se esse fosse o caso, poderiam arranjar prisioneiros de confiança mais eficientes para tomar nossos lugares. Não apelávamos para eles com tanta frequência, exceto de maneira bastante discreta, quando queríamos que uma cela fosse destrancada para pegarmos algum prisioneiro refratário lá dentro. Nesses casos, tudo o que o guarda fazia era destrancar a porta e ir embora para não testemunhar o que acontecia quando meia dúzia de homens de pavilhão entrava e dava um trato no prisioneiro.

Com relação aos detalhes disso, prefiro não dizer nada. E, afinal, "dar um trato" era apenas um dos muitos horrores impublicáveis da Penitenciária do Condado de Erie. Digo "impublicáveis", mas, honestamente, devo dizer também "impensáveis". Era impensável para mim até mesmo vê-los. E eu não era nenhum ingênuo no que diz respeito às maldades do mundo e aos horríveis abismos da degradação humana. Seria preciso cavar muito para atingir o fundo da Penitenciária do Condado de Erie – e eu só trago à superfície, de leve, as coisas que lá vi.

Às vezes, pela manhã, quando os prisioneiros desciam para se lavar, nós treze ficávamos praticamente a sós no meio deles, e cada um daqueles condenados nos detestava. Treze contra quinhentos... e controlávamos pelo medo. Não podíamos permitir a

A ESTRADA

menor infração das regras, a menor insolência. Se permitíssemos, estaríamos perdidos. Nossa própria regra era bater em qualquer homem assim que ele abrisse a boca – bater com força, com qualquer coisa. Um cabo de vassoura, com a ponta na cara de um indivíduo, tinha um efeito bastante disciplinador. Mas isso não era tudo. Tal homem deveria servir de exemplo; portanto, a próxima regra era avançar sobre o indivíduo e acabar com ele. É claro, tínhamos certeza de que cada homem de pavilhão por perto viria correndo para nos ajudar a dar o castigo, pois essa também era uma regra. Sempre que um de nós estivesse em perigo por causa de um prisioneiro, a obrigação de qualquer outro auxiliar que estivesse por perto era emprestar seu punho. Não importavam os méritos da questão – entre na confusão e bata com qualquer coisa disponível; resumindo, acabe com o sujeito.

Lembro-me de um jovem e belo mulato, de mais ou menos vinte anos, que teve a insana ideia de lutar por seus direitos. E estava em seu direito, de fato, mas isso não o ajudou em nada. Vivia na galeria mais alta de todas. Oito homens de pavilhão se encarregaram de lhe tirar essa fantasia da cabeça em mais ou menos um minuto e meio – já que aquele era o tempo exigido para percorrer a galeria e ser jogado por cinco lances de escada de ferro abaixo. Ele percorreu toda essa distância com cada parte de sua anatomia, exceto com os pés... e os oito homens de pavilhão não estavam com preguiça. O mulato se estatelou no pavimento em que eu me encontrava assistindo a tudo. Ergueu-se por um momento. Então, abriu os braços e emitiu um horrível grito de terror, dor e desespero. No mesmo instante, como numa mudança de cena, os frangalhos de seu uniforme grosseiro de prisioneiro caíram no chão, deixando-o completamente nu, cada porção da superfície do corpo esvaindo em sangue. Até que desmoronou, inconsciente. Havia aprendido a lição, assim como cada condenado dentro daquelas paredes que o ouviu gritar aprendeu. E eu também havia aprendido a minha. Não é uma coisa agradável ver o coração de um homem ser despedaçado em um minuto e meio.

O relato seguinte irá ilustrar como realizávamos nosso negócio de passar o pavio. Vários recém-chegados são alojados nas celas. Você passa diante das barras com seu lume aceso.

113

– Ei, meu chapa, arruma um fogo – alguém te chama. Agora, isso significa que aquele homem possui tabaco. Você passa o fogo pelas grades e segue seu caminho. Um pouco depois você volta, se encosta casualmente contra as barras e pergunta:

– Diga, meu chapa, você poderia me arrumar um pouco de tabaco?

Se ele não tiver traquejo nesse jogo, as chances são de que irá jurar solenemente que não tem mais fumo. Tudo bem. Você se compadece dele e segue seu caminho. Mas você sabe que seu morrão durará apenas até o final daquele dia. No dia seguinte, você retorna, e ele fala de novo:

– Ei, meu chapa, me vê um fogo?

E você responde:

– Você não tem tabaco; portanto, não precisa de fogo. – E não lhe dá nada também. Meia hora, ou uma hora, ou duas, ou três horas depois, você estará passando por lá e o homem irá lhe chamar com a voz mansa:

– Venha aqui, meu chapa. – E você vai. Estende as mãos por entre as barras e deixa que ele a encha com o precioso tabaco. Então você lhe dá o fogo.

Algumas vezes, contudo, há recém-chegados de quem você não pode extorquir nada. A misteriosa mensagem de que ele deve ser tratado com respeito é passada na prisão. De onde esse aviso se originou, nunca pude saber. A única coisa patente é que aquele homem tem um "pistolão". Pode ser um dos homens de pavilhão superiores; pode ser um dos guardas, em outra parte do presídio; pode ser que o bom tratamento tenha sido comprado de gente graúda. Mas, seja como for, sabemos que depende de nós tratá-lo com decência se quisermos evitar problemas.

Nós, homens de pavilhão, éramos intermediários e mensageiros comuns. Organizávamos os negócios entre os condenados confinados em diferentes partes da prisão e fazíamos as trocas. Também, cobrávamos nossas comissões na ida e na volta. Algumas vezes, os objetos comercializados tinham de passar pelas mãos de meia dúzia de intermediários. Cada qual recebia seu quinhão, ou, de uma forma ou de outra, era pago por seu serviço.

A ESTRADA

Por vezes, estava-se em dívida por serviços e, por outras, deviam a você. Assim, entrei na prisão em débito com o condenado que levou minhas coisas para dentro. Mais ou menos uma semana depois, um daqueles homens colocou uma carta na minha mão. Foi entregue a ele pelo barbeiro, que a havia recebido do sujeito que levara meus pertences. Por causa da minha dívida com ele, eu deveria passar a carta adiante. Mas esta não tinha sido escrita por ele. O remetente original era um condenado a uma pena longa em seu pavilhão. A correspondência era para uma prisioneira da ala feminina. Mas, se era destinada a ela, ou se ela, por sua vez, era apenas o elo de uma cadeia de intermediárias, eu não tinha a menor ideia. Tudo o que sabia era sua descrição e que dependia de mim fazer a carta chegar às suas mãos.

Dois dias se passaram, durante os quais mantive a carta em meu poder; então, a oportunidade surgiu. As mulheres remendavam todos os uniformes usados pelos condenados. Certo número de nossos homens de pavilhão tinha de ir para a ala feminina trazer de volta enormes cestos de roupas. Combinei com o primeiro homem de pavilhão que os acompanharia. Porta atrás de porta foi sendo destrancada para nós à medida que abríamos caminho pela prisão até a ala feminina. Entramos numa grande sala, onde as mulheres, sentadas, costuravam. Meus olhos procuravam aquela que me fora descrita. Localizei-a e fui para perto dela. Duas inspetoras de olhos de águia estavam vigiando. Coloquei a carta na palma da mão e tentei deixar clara minha intenção para a prisioneira. Ela sabia que eu lhe trazia algo; devia estar esperando por isso e tentava adivinhar, no momento que entramos, qual de nós seria o mensageiro. Mas uma das guardas continuava a dois passos de distância dela. Os homens de pavilhão já estavam pegando os cestos para levá-los embora. O tempo estava passando. Atrasava-me com minha trouxa de roupas, fazendo crer que não estava bem amarrada. Será que aquela guarda nunca iria olhar para o outro lado? Iria eu fracassar? Justo naquele momento, outra mulher meteu-se a brincar com um dos homens de pavilhão – esticou o pé e o derrubou, ou o beliscou, ou fez uma coisa ou outra. A guarda olhou para aquela direção e repreendeu-a duramente. Agora, não sei se isso foi ou não planejado para distrair a atenção da inspetora, mas eu sabia que aquela era minha oportunidade. A mão da mulher que eu procurava caiu do colo e ficou ao lado dela. Inclinei-me para pegar meu cesto. Da minha posição curvada, deslizei a carta para a mão dela e recebi outra em troca. No momento seguinte, a trouxa estava sobre meu ombro, o olhar da guarda havia voltado a cair sobre mim (porque eu era o último homem de pavilhão ali) e eu me apressava para alcançar meus companheiros. A carta que recebi da mulher entreguei ao homem que me passara a primeira correspondência; este, por sua vez, a transferiu para as mãos do barbeiro, que a deu ao sujeito que havia colocado minhas coisas para dentro da prisão; e este, finalmente, a entregou ao condenado à pena pesada, no outro canto do saguão.

Costumeiramente levávamos cartas. A corrente de comunicação era tão complexa que não sabíamos quem era o remetente, nem o destinatário. Éramos apenas os elos da corrente. Em algum lugar, de alguma forma, um condenado colocava uma carta em minha mão com a instrução de passá-la para o próximo elo. Todos esses atos eram favores para ser retribuídos mais tarde, quando eu estivesse agindo diretamente com um mandante de transmissão de cartas, e de quem eu deveria receber meu pagamento. Toda a prisão estava coberta por uma rede de linhas de comunicação. E nós, que estávamos no controle do sistema de comunicação, naturalmente (já que éramos modelados à semelhança da sociedade capitalista), cobrávamos pesados tributos de nossos clientes. Era um serviço prestado a troco de lucro, apesar de sermos, por vezes, capazes de prestá-lo de graça.

Durante todo o tempo em que estive na penitenciária, estreitei os laços de amizade com meu amigo. Ele havia feito muito por mim e, em troca, esperava que eu fizesse tanto quanto por ele. Quando saíssemos, iríamos viajar juntos e, não preciso dizer, fazer "trabalhos" juntos, já que meu chapa era um criminoso – não uma celebridade, mas um mero criminoso de pequenos delitos que iria furtar e roubar, praticar assaltos e, se colocado contra a parede, não hesitaria em cometer assassinato. Passamos muitas horas tranquilas sentados, a conversar. Ele tinha dois ou três trabalhos em vista para o futuro imediato, nos quais minha função

A ESTRADA

já estava decidida e para os quais planejamos os detalhes. Eu tinha conhecido e visto muitos criminosos, e meu chapa nunca sonhou que eu estivesse apenas o enganando, lhe dando corda por trinta dias. Pensou que eu fosse um bandido autêntico; gostou de mim porque eu não era estúpido e, também, creio eu, por mim mesmo. É claro que eu não tinha a menor intenção de me juntar a ele numa vida de crimes sórdidos e mesquinhos; mas teria sido idiota se jogasse fora todas as vantagens que a amizade dele tornava possíveis. Quando se está atolado na lava incandescente do inferno, não se pode escolher seu caminho – e era isso que acontecia comigo na Penitenciária do Condado de Erie. Tinha de ficar amigo de meu chefe de pavilhão ou voltar ao trabalho duro, a pão e água. E, para ficar com minhas vantagens, tinha de manter amizade com meu chapa.

A vida não era monótona na penitenciária. Todo dia alguma coisa acontecia: indivíduos com convulsões, enlouquecendo, brigando, ou homens de pavilhão a se embriagar. Rover Jack, um dos homens de pavilhão ordinários, era nossa maior estrela. Era um verdadeiro "profissa", um vagabundo de primeira, e, como tal, recebia todo tipo de complacência dos superiores hierárquicos na prisão. Pittsburg Joe, que era segundo homem de pavilhão, costumava se unir a Rover Jack nas bebedeiras, e os dois tinham um ditado que dizia que a Penitenciária do Condado de Erie era o único lugar onde um homem poderia ficar "doidão" e não ser preso. Contaram-me que brometo de potássio, surrupiado do almoxarifado, era a droga que usavam. Só sei que, fosse lá qual fosse o entorpecente, ficavam bastante eufóricos e bêbados.

Nosso pavilhão estava cheio de sujos e baderneiros, repleto de lixo e podridão, a escória da sociedade: deficientes hereditários, degenerados, perdidos, lunáticos, mentes perturbadas, epiléticos, monstros, doentes; em suma, o próprio pesadelo da humanidade. As crises nervosas, portanto, floresciam entre nós. Estas pareciam contagiosas. Quando um homem começava a ter um ataque, outros seguiam seu exemplo. Cheguei a ver sete homens caídos com crises ao mesmo tempo, tornando a atmosfera sufocante com seus gritos, enquanto muitos outros lunáticos caíam em loucura furiosa, urrando e tremendo em espasmos. Nunca foi feito nada para ajudar os homens com convulsões, exceto jogar água fria sobre eles. Era inútil mandá-los para o estudante de medicina ou para o doutor. Eles não deveriam ser incomodados com ocorrências tão frequentes e triviais.

Havia um jovem holandês, com seus dezoito anos, que tinha ataques com mais frequência que qualquer outro. Normalmente, estrebuchava todos os dias. Era por essa razão que o mantínhamos no piso térreo, abaixo da fileira de celas onde estávamos alojados. Depois de ter algumas convulsões no pátio da prisão, os guardas se recusaram a se preocupar mais com ele, e por isso permanecia trancado o dia inteiro em seu xadrez, na companhia de um *cockney**. Não que isso ajudasse. Sempre que o garoto holandês tinha um ataque, seu companheiro de cela ficava paralisado de terror.

O rapaz holandês não falava uma palavra em inglês. Era um garoto do campo, cumprindo noventa dias de punição por ter saído no braço com alguém. Ele prenunciava seus ataques com uivos. Uivava como um lobo. Também anunciava as crises ficando de pé, o que era muito inconveniente, já que os ataques sempre culminavam com ele estatelado no chão. Sempre que eu ouvia seu uivo prolongado, costumava pegar uma vassoura e correr para sua cela. Os presos de confiança não tinham permissão de ter as chaves das celas, e, portanto, eu não podia chegar até ele. O jovem ficava de pé, no meio da cela estreita, tremendo convulsivamente, os olhos revirados até deixar à mostra toda a parte branca, e uivando como uma alma penada. Por mais que eu tentasse, nunca conseguia fazer o *cockney* lhe dar uma mão. Enquanto o holandês ficava de pé e uivava, o *cockney* se encolhia, tremendo, na cama de cima do beliche, o olhar aterrorizado, fixo naquela horrível figura de olhos revirados que uivava sem parar. Era difícil para ele também, o pobre-diabo do *cockney*. Sua sanidade não era sólida, e o mais impressionante é que não tenha ficado louco.

---

* Relativo ao indivíduo proveniente do East End de Londres ou que fala o dialeto deste bairro pobre. (N. T.)

A ESTRADA

Tudo o que eu podia fazer era dar o melhor jeito possível com a vassoura. Eu a metia através das barras, apoiava-a no peito do holandesinho e esperava. À medida que a crise chegava, ele começava a balançar para a frente e para trás. Eu seguia esse movimento com a vassoura, já que não dava para saber quando ocorreria o horrível colapso para a frente. Mas, quando ocorria, eu estava lá com a vassoura para apará-lo e para aliviar sua queda. Apesar de todos os meus esforços, ele nunca conseguiu cair suavemente, e seu rosto ficava, em geral, machucado pelo piso de pedras. Uma vez no chão e se contorcendo em convulsões, eu jogava um balde de água sobre ele. Não sei se isso era a coisa certa ou não a fazer, mas era o costume na Penitenciária do Condado de Erie. Nada mais que isso foi feito por ele. Ficava lá deitado, molhado, por uma hora ou mais, e então rastejava para sua cama-beliche. Eu achava melhor fazer isso do que correr em busca do auxílio de um guarda. Mas, afinal, que importância teria um homem com uma convulsão?

Na cela ao lado, vivia um estranho personagem – um homem que cumpria sessenta dias por ter comido restos de uma lata de lixo do circo Barnum*, ou, pelo menos, era o que dizia. Era uma criatura bastante confusa e, à primeira vista, muito terna e gentil. Os fatos desse caso realmente haviam ocorrido como declarara. Nas suas andanças, tinha acabado dando naquele circo e, como estava com fome, metera a cara no barril que continha as sobras das refeições do pessoal do circo.

– O pão *era* bom – assegurava-me com frequência – e a carne também era deliciosa. – Um policial o havia visto, o prendera, e lá estava ele.

Certa vez, passei por sua cela com um pedaço de arame duro e fino na mão. Tanto me pediu o artigo que o passei pelas grades. De pronto, sem nenhuma ferramenta além dos dedos, ele

---

* Circo de Phineas Taylor Barnum (1810-1891), fundado por ele em 1871, que se tornou famoso por atrações bizarras e grotescas. Em 1881, uniu-se a James A. Bailey, criando o Circo Barnum and Bailey, que saiu em turnê pelo país com três picadeiros, algo grandioso para aquele período. O Circo Barnum and Bailey foi o mais famoso e importante dos Estados Unidos de sua época. (N. T.)

119

o quebrou em pequenos pedaços e torceu-os em meia dúzia de alfinetes de segurança bastante aceitáveis. Afiou as pontas no chão de pedra. Dali em diante, iniciei um belo comércio de alfinetes. Eu lhe fornecia a matéria-prima e vendia o produto acabado enquanto ele fazia o trabalho. Como salário, eu lhe pagava rações extras de pão e, de vez em quando, um pedaço de carne ou um ossobuco com um pouco de tutano dentro.

Mas o fato de estar encarcerado começou a afetá lo, e ele se tornou mais violento a cada dia. Os homens de pavilhão gostavam de provocá-lo. Enchiam seu cérebro fraco com histórias de uma grande fortuna que havia sido deixada para ele. Fora para roubá-lo que o tinham prendido e mandado para a cadeia. É claro, como ele próprio sabia, não havia nenhuma lei contra alguém comer de um barril. Portanto, ele estava preso injustamente. Aquele tinha sido um complô para privá-lo de receber sua fortuna.

A primeira vez que eu soube disso foi quando ouvi os homens de pavilhão rindo e comentando o trote que haviam dado nele. Em seguida, ele teve uma conversa séria comigo, na qual me falou de seus milhões e do complô para impedi-lo de recebê-los, nomeando-me como seu detetive. Fiz o possível para recusar a oferta gentilmente, falando vagamente que havia um engano e que o verdadeiro herdeiro seria outro homem, com nome parecido. Deixei-o bem mais tranquilo, mas não podia manter os homens de pavilhão afastados dele, e estes continuaram a provocá-lo mais do que nunca. No final, depois de uma cena das mais violentas, ele me derrubou, revogou minha função de investigador particular e entrou em greve. Meu comércio de alfinetes acabou. Ele se recusou a produzir mais alfinetes e atirava-me pedaços de arame através das barras de sua cela quando eu passava por ela.

Nunca consegui fazer as pazes com ele. Os outros homens de pavilhão lhe disseram que eu era um detetive contratado pelos conspiradores. E, enquanto isso, o enlouqueciam com suas provocações. A injustiça imaginária de que o homem se sentia alvo lhe turvou a mente, e finalmente ele se tornou um lunático perigoso e homicida. Os guardas se recusavam a ouvir sua história dos milhões roubados, e ele os acusava de fazerem parte do complô. Um dia, jogou uma caneca de chá quente sobre um

A ESTRADA

deles, e então seu caso foi investigado. O diretor da prisão falou com ele por alguns minutos, pelas grades de sua cela. Depois, o levaram para ser examinado pelos médicos. Nunca mais retornou, e sempre me pergunto se estará morto ou se ainda sonha com seus milhões em algum asilo de loucos.

Por fim, chegou o grande dia de minha libertação. Era também o dia da soltura do terceiro homem de pavilhão e da prisioneira que eu conquistara para ele, que já o esperava do lado de fora das muralhas. Partiram lado a lado, felizes. Meu chapa e eu saímos juntos e caminhamos até Buffalo. Não ficaríamos juntos para sempre? Naquele dia, mendigamos por moedinhas na rua principal, mas o que recebemos foram *shupers* de cerveja – não sei como se soletra, mas se pronuncia da forma como escrevi; custam três centavos. A todo momento eu procurava uma oportunidade para fugir. De um vagabundo na rua, fiquei sabendo a que horas certo trem de carga partiria. Calculei meu tempo de acordo com essa informação. Quando o momento chegou, meu chapa e eu estávamos no *saloon*. Tínhamos duas canecas de cerveja espumante diante de nós. Gostaria de ter lhe dito adeus. Afinal, ele tinha sido bom para mim. Mas não ousei. Saí pelos fundos do bar e pulei a cerca. Foi uma escapada rápida, e poucos minutos depois eu já estava a bordo de um trem de carga da Western New York and Pennsylvania Railroad, em direção ao Sul.

VAGABUNDOS CRUZANDO A NOITE

Durante meus dias de vadiagem, conheci centenas de vagabundos com os quais descansei perto de caixas-d'água, preparei "ensopados", mendiguei pelas ruas, bati às portas das casas por comida e pulei em vagões em movimento. Depois de nos separarmos, nunca mais os encontrava. Por outro lado, havia aqueles que cruzavam comigo com uma frequência impressionante. E ainda os que passavam como fantasmas, muito perto, sem nunca serem vistos.

Foi um destes últimos que persegui por todo o Canadá, por mais de cinco mil quilômetros de ferrovia, sem nunca, uma única vez, conseguir encontrá-lo. Era conhecido como Skysail Jack. Primeiro passei por ele em Montreal. Talhado a canivete com perfeição, o desenho de uma vela de mastro de um navio. Embaixo, lia-se "Skysail Jack" e, sobre a alcunha, a inscrição "B. W. 15-9-94". Esta última indicava que ele tinha estado lá em Montreal, rumo ao Oeste, em 15 de setembro de 1894. Seguia um dia à minha frente. "Sailor Jack" era meu apelido naquela época, e prontamente o gravei, ao lado do dele, com a data e a informação de que eu também ia naquela direção.

Minha sorte não me ajudou nos 150 quilômetros seguintes, e apenas oito dias depois é que descobri por onde andava Skysail Jack, 500 quilômetros a oeste de Ottawa. Lá, vi sua inscrição gravada numa caixa-d'água e, pela data, percebi que ele também se atrasara: estava somente dois dias à minha frente. Eu era um "cometa" e um *tramp-royal*, como também o era meu colega de vadiagem – e meu orgulho e minha reputação dependiam de alcançá-lo.

"Ferroviei" dia e noite e consegui ultrapassá-lo, mas, em seguida, numa mudança da situação, ele passou à minha frente. Por vezes, ele estava um dia ou tanto adiante; em outras, eu lhe tomava a dianteira. De vagabundos que viajavam para o Leste, eu ouvia falar dele ocasionalmente, e deles fiquei sabendo que se interessara por Sailor Jack e que andava fazendo perguntas sobre mim.

Estou seguro de que teríamos feito uma bela dupla se tivéssemos nos unido, mas isso não foi possível. Estive à frente dele quando atravessava Manitoba, porém ele liderou o caminho por Alberta, e, bem cedo, numa manhã cinzenta e amarga, no final da linha, justamente a leste de Kicking Horse Pass, fiquei sabendo que tinha sido visto na noite anterior entre aquela localidade e Rogers' Pass.

Foi bem curiosa a forma como a informação chegou a mim. Eu havia viajado a noite toda num *pullman* de portas laterais e, quase morto de frio, me arrastara para fora do trem, na divisa, para mendigar por comida. Uma neblina congelante pairava no local, e fui esmolar para alguns foguistas que encontrei na gare. Deram-me algumas sobras de suas marmitas, e, para completar, consegui que me dessem também quase um quarto de litro de um celestial "Java"*. Aqueci-o e, quando me sentava para comer, um trem de carga chegou do Oeste. Vi a porta corrediça abrir e um *road-kid***, um garoto vagabundo, saltar. Estava duro de frio, com os lábios azuis. Compartilhei meu Java e minha boia com ele, ouvi notícias sobre Skysail Jack e lhe fiz perguntas para saber de quem se tratava. Vejam só, ele era de minha cidade, Oakland, na Califórnia, e membro da famosa *Boo Gang* – uma gangue da qual eu fora membro em raros momentos. Falávamos rápido e engolimos o rango na meia hora seguinte. Então, a composição arrancou, comigo dentro, rumando para o Oeste, na trilha de Skysail Jack.

---

* Gíria utilizada desde a metade do século XIX nos Estados Unidos e no Canadá para designar café. (N. T.)

** Termo utilizado nos estados do final do século XIX até os anos 1930 para designar os vagabundos garotos ou jovens. Ver o capítulo "Pé na estrada". (N. T.)

A ESTRADA

Fiquei retido entre os desfiladeiros (o que me atrasou), passei dois dias sem ter o que comer e andei dezoito quilômetros no terceiro dia antes de arrumar uma refeição; mas, ainda assim, consegui ultrapassar Skysail Jack ao longo do rio Fraser, na Colúmbia Britânica. Naquela ocasião, eu viajava no vagão de passageiros e, por isso, ganhava tempo; mas ele deve ter feito o mesmo, e com mais sorte ou habilidade que eu, tendo em vista que chegou a Mission à minha frente.

Mission era um entroncamento, 65 quilômetros a leste de Vancouver. De lá, podia-se seguir para o Sul por Washington e Oregon, no Northern Pacific. Eu me perguntava qual caminho Skysail Jack iria tomar, uma vez que ele pensava que eu estava à sua frente. Já eu, ainda rumava para o Oeste, para Vancouver. Fui à caixa-d'água para deixar aquela informação, e lá, recém-talhada naquele mesmo dia, estava a assinatura de Skysail Jack. Corri para Vancouver. Mas ele já havia partido – tomara o navio imediatamente e continuava indo para o Oeste, em sua aventura pelo mundo. Skysail Jack, você foi, de verdade, um *tramp-royal*, e seu companheiro era "o vento que soprava pelo globo". Tiro meu chapéu para você. Você era um sujeito de primeira, realmente. Uma semana mais tarde, também embarquei, e a bordo do vapor Umatilla, em seu castelo de proa, trabalhei, costa abaixo, até chegar a San Francisco. Skysail Jack e Sailor Jack... Meu Deus! Se tivéssemos nos conhecido.

As caixas-d'água são os catálogos dos vagabundos. Não é só por simples distração que os vagabundos gravam nelas seus apelidos, datas de chegada e itinerários. Com muita frequência, encontrei vagabundos perguntando se eu tinha visto, em algum lugar, esse ou aquele "vadio", ou pelo menos a assinatura deles. E mais de uma vez fui capaz de dar a data mais recente que as tinham gravado na caixa-d'água e a direção para a qual rumavam. Então, o vagabundo para o qual eu dera a informação partia no mesmo instante atrás do amigo. Conheci indivíduos que, ao tentar encontrar um companheiro, o tinham perseguido por todo o continente, ida e volta, sem parar.

As "alcunhas" são os *nom-de-rails* que os vagabundos adotam ou aceitam quando lhes são postos pelos companheiros. Leary Joe, por exemplo, era tímido, e por isso foi assim chamado pe-

125

los camaradas. Nenhum vagabundo que se respeita escolheria Stew Bum para si mesmo. Pouquíssimos vadios fazem questão de se lembrar de seu passado, quando trabalhavam de maneira ignóbil; então, os apelidos baseados em profissões eram muito raros, apesar de eu me lembrar dos seguintes: Moulder Blackey, Painter Red, Chi Plumber, Boiler-maker, Sailor Boy e Printer Bo. "Chi" (pronunciado *shy*)*, por sinal, é o calão para "Chicago".

Um dos expedientes favoritos dos vagabundos é basear as alcunhas em seus locais de origem, como: New York Tommy, Pacific Slim, Buffalo Smithy, Canton Tim, Pittsburg Jack, Syracuse Shine, Troy Mickey, K. L. Bill e Connecticut Jimmy. E ainda havia *Slim Jim from Vinegar Hill, who never worked and never will***. Um *shine**** é sempre um negro, assim chamado, possivelmente, por causa do brilho de sua pele. Texas Shine ou Toledo Shine significavam tanto a raça como o local de nascimento.

Entre aqueles que incorporaram sua nacionalidade de origem, lembro-me dos seguintes: Frisco Sheeny, New York Irish, Michigan French, English Jack, Cockney Kid e Milwaukee Dutch. Outros parecem tomar seus apelidos, em parte, pela tonalidade da epiderme, como: Chi Whitey, New Jersey Red, Boston Blackey, Seattle Browney, Yellow Dick e Yellow Belly – o último, um *creole* do Mississippi, o qual, suspeito, teve sua alcunha imposta.

Texas Royal, Happy Joe, Bust Connors, Burley Bo, Tornado Blackey e Touch McCall usaram mais a imaginação ao se rebatizarem. Outros, com menos graça, carregam o nome de suas peculiaridades físicas, como: Vancouver Slim, Detroit Shorty, Ohio Fatty, Long Jack, Big Jim, Little Joe, New York Blind, Chi Nosey e Broken-backed Ben.

Um caso à parte eram os *road-kids*, que possuíam uma infinita variedade de apelidos. Por exemplo, os seguintes que encontrei aqui e acolá: Buck Kid, Blind Kid, Midget Kid, Holy Kid, Bat Kid, Swift Kid, Cookey Kid, Monkey Kid, Iowa Kid,

---

* Ou, em português, pronunciado *chai*. (N. T.)

** "Slim Jim, de Vinegar Hill, que nunca trabalhou nem nunca trabalhará". (N. T.)

*** Termo preconceituoso, equivalente a brilhante e lustroso. (N. T.)

A ESTRADA

Corduroy Kid, Orator Kid (que sempre poderia contar tudo como aconteceu) e Lippy Kid (que era insolente, dependendo da situação).

Na caixa-d'água perto de San Marcial, no Novo México, uns doze anos atrás, encontrei o seguinte "catálogo" dos vagabundos:

1 Rua principal boa.

2 Tiras não hostis.

3 Gare boa para se "hospedar".

4 Trens rumando ao Norte não são bons.

5 Residências não são boas.

6 Restaurantes bons apenas para cozinheiros.

7 Cantina da ferrovia boa apenas para trabalho noturno.

O número 1 contém a informação de que não há problema mendigar por esmolas na rua principal; o número 2, que a polícia não incomodará os vagabundos; o número 3, que se pode dormir na gare. O número 4, contudo, é ambíguo. O trem que ruma para o Norte pode não ser bom para se pegar e pode não ser bom para mendigar. O número 5 significa que os moradores das residências particulares não são amigáveis com os pedintes, e o número 6, que apenas vagabundos que tivessem sido cozinheiros poderiam solicitar comida dos restaurantes. O número 7 me incomoda. Não consigo entender se a cantina da estação é um bom lugar para qualquer vagabundo mendigar à noite; se é bom apenas para os vagabundos cozinheiros; ou se qualquer vagabundo, cozinheiro ou não, pode dar uma mão, no período noturno, ajudando os cozinheiros com o trabalho pesado, e receber algo para comer como forma de pagamento.

Mas voltando aos vagabundos que cruzam a noite... Lembro-me de um que conheci na Califórnia. Era um sueco que tinha vivido tanto tempo nos Estados Unidos que ninguém poderia adivinhar sua nacionalidade. Só se ele mesmo a revelasse. Na realidade, tinha chegado aos Estados Unidos quando ainda era bebê. Cruzei com ele pela primeira vez na cidade montanhosa de Truckee.

127

– Para onde você está indo, meu chapa? – perguntamos um ao outro.

– Rumo ao Leste – foi a resposta que ambos demos, ao mesmo tempo. Vários vadios tentaram pular no expresso aquela noite, e perdi o sueco de vista na confusão. Também perdi o trem.

Cheguei a Reno, Nevada, num vagão que foi logo desviado para os trilhos secundários. Era domingo de manhã, e depois de bater perna à procura do desjejum caminhei para o acampamento Piute, para ver os índios jogar. E lá estava o sueco, muito interessado nas apostas. Ficamos juntos, é claro. Ele era a única pessoa que eu conhecia naquela região, e eu, seu único amigo ali. Andamos juntos, de um lado ao outro, como um par de eremitas insatisfeitos, e juntos passamos o dia atrás de comida. No final da tarde, tentamos "agarrar" o mesmo trem de carga. Mas ele foi jogado para fora, e eu viajei sozinho, para também ser expulso no deserto, 35 quilômetros adiante.

Nunca vi lugar mais desolado que aquele. Era uma estaçãozinha perdida, onde o trem só parava mediante sinal do responsável e consistia apenas de um casebre, construído de qualquer jeito sobre a areia, entre as moitas de salvas. Um vento frio soprava, a noite se aproximava e o operador de telégrafo solitário que vivia ali estava com medo de mim. Eu sabia que ele não me daria nem comida nem um lugar para dormir. Foi por causa do temor que tinha de mim que não acreditei quando ele me falou que os trens em direção ao Leste nunca paravam lá. Além disso, não havia sido eu jogado para fora de um trem rumando para o Leste, bem naquele lugar, nem cinco minutos antes? Ele me garantiu que o comboio tinha parado por ordens especiais e que poderia demorar um ano antes que outro fizesse o mesmo. Aconselhou-me a caminhar até Wadsworth, que ficava a uns 20 ou 25 quilômetros dali. Decidi esperar, contudo, e tive o prazer de ver dois trens de carga rumando para o Oeste e outro em direção ao Leste, sem parar. Eu me perguntava se o sueco estaria naquele último. Dependia de mim chegar até Wadsworth, o que consegui, para alívio do telegrafista, já que eu partira sem ter incendiado seu barraco nem tê-lo assassinado. Os telegrafistas têm muito a me agradecer! Ao final de uma

A ESTRADA

dezena de quilômetros, afastei-me dos trilhos para deixar o expresso que rumava para o Leste passar. Estava indo rápido, mas vi uma silhueta escura no primeiro vagão postal, que parecia com a do sueco...

Aquela foi a última vez que o vi por vários dias entediantes. Cruzei os planaltos por centenas de quilômetros do deserto de Nevada, viajando nos expressos à noite, para ganhar velocidade, e durante o dia nos vagões de carga, para dormir. Era o começo do ano, e estava frio naquela região. A neve cobria a paisagem aqui e ali, todas as montanhas amortalhadas sob um manto branco, e, à noite, o mais horrível vento imaginável era soprado daquela direção. Não era uma terra para se ficar por muito tempo. E lembre-se, caro leitor, o vagabundo atravessa tal território sem abrigo nem dinheiro, mendigando pelo caminho e dormindo sem cobertores. Este último aspecto só pode ser realizado por alguém experiente.

No começo da noite desci na estação de Ogden. O expresso da Union Pacific estava partindo para o Leste e eu queria fazer conexões. Lá fora, no emaranhado de trilhos em frente à locomotiva, encontrei uma figura encurvada na escuridão. Era o sueco. Apertamos as mãos como irmãos que há anos não se viam e nos demos conta de que ambos usávamos luvas.

– Onde você as arranjou? – perguntei.

– Na cabine de uma locomotiva – respondeu. – E você?

– Eram de um foguista – eu disse. – Ele não ligava para elas.

Pegamos o vagão postal quando o expresso partia da estação e o achamos terrivelmente frio. A ferrovia seguia por uma estreita garganta entre as montanhas cobertas de neve, e tremíamos enquanto trocávamos confidências sobre como havíamos feito o trajeto entre Reno e Ogden. Na noite anterior, eu tinha fechado meus olhos por apenas uma hora, mais ou menos, já que o vagão era muito desconfortável. Numa parada, fui para a frente da locomotiva. Estávamos agora num "duas cabeças" (duas locomotivas) para nos levar pela rampa.

Eu sabia que a cabeceira da locomotiva principal, pelo fato de "socar o vento", estaria muito fria; aí, escolhi a cabeceira da segunda locomotiva, protegida pela primeira. Subi no limpa-

129

-trilhos e vi que estava ocupado. Tateando na escuridão, senti o corpo de um garoto. Dormia profundamente. Apertando um pouco, havia lugar para dois; então, empurrei-o para o lado e me enrosquei ao seu lado. Foi uma "boa" noite; os guarda-freios não nos incomodaram e logo dormimos. De vez em quando, fagulhas em brasa ou solavancos mais fortes me acordavam; aí, eu me aninhava mais perto do garoto e caía no sono de novo, embalado pelos tossidos dos motores e pelo rangido das rodas.

O expresso chegou até Evanston, Wyoming, e não seguiu adiante. Um acidente mais adiante bloqueava a linha. O maquinista morto tinha sido trazido para dentro, e seu corpo atestava o perigo do caminho. Um vagabundo também havia morrido, mas seu cadáver ainda não fora recuperado. Conversei com o garoto. Tinha treze anos. Fugira da casa dos pais, em algum lugar do Oregon, e rumava para o Leste em busca de sua avó. Contou-me uma história de crueldade e maus-tratos que soava verdadeira; além disso, não havia necessidade de mentir para mim, um vagabundo desconhecido no meio de uma ferrovia.

E aquele garoto estava decidido. Tinha pressa de completar a viagem. Quando os superintendentes da divisa decidiram mandar o expresso de volta pelo mesmo caminho que tinha percorrido, subindo até o entroncamento, para uma via secundária do Oregon, para então seguir até a Union Pacific, do outro lado do acidente, o garoto escalou a cabeceira e disse que ficaria ali. Aquilo era demais para o sueco e para mim. Significava viajar o restante daquela noite gélida para ganhar não mais que duas dezenas de quilômetros ou tanto. Dissemos que esperaríamos até que desobstruíssem os trilhos e, nesse intervalo, tiraríamos uma boa soneca.

Não é nada fácil chegar à meia-noite numa cidade estranha, no maior frio, quase sem dinheiro, e encontrar um lugar para dormir. O sueco não tinha um tostão no bolso. Tudo o que eu tinha consistia de dois *dimes** e um níquel. Ficamos sabendo, por alguns garotos locais, que a cerveja custava cinco centavos, e que

---

* Um *dime* é uma moeda de dez centavos. (N. T.)

os bares ficavam abertos a noite toda. Dois copos de cerveja custariam dez centavos, e no bar haveria um aquecedor e cadeiras – poderíamos dormir lá até a manhã seguinte. Fomos em direção às luzes do bar, andando rapidamente com a neve sob nossos pés e um ventinho gelado soprando na gente.

Mas (ai de mim!) eu havia compreendido mal os garotos da cidade. A cerveja custava cinco centavos em apenas um bar de todo o burgo – e não era aquele. De qualquer forma, no que entramos estava bem, com um bendito aquecedor, bem quente, "rugindo", e aconchegantes cadeiras com fundo de palha. Mas lá também havia um botequineiro pouco amistoso, que nos olhara de maneira desconfiada quando chegamos. Um homem não pode passar dias e noites, continuamente, com as mesmas roupas, pulando em trens, lutando contra fuligem e fagulhas, dormindo em qualquer lugar e, ainda assim, preservar uma boa "aparência". Nosso aspecto, decididamente, não nos favorecia; mas o que isso nos importava? Eu tinha o dinheiro necessário.

– Duas cervejas – pedi com calma ao sujeito, e, enquanto ele as tirava, o sueco e eu nos encostamos no balcão, mas desejávamos, secretamente, nos sentar nas cadeiras próximas ao aquecedor.

O botequineiro colocou as duas canecas espumantes diante de nós, e, com orgulho, depositei os dez centavos no balcão. Agora, aqui estava meu truque. Assim que eu percebesse meu engano no pagamento, tiraria do bolso mais dez centavos. Não me importava ficar com apenas um níquel, ainda que fosse um estranho numa terra estranha. Eu teria pago tudo, sem problema. Mas aquele homem nunca me deu essa oportunidade. Assim que seus olhos viram o *dime* que eu colocara à sua frente, confiscou as duas canecas, uma em cada mão, e despejou a cerveja numa pia atrás do balcão. Na mesma hora, nos olhando de forma maldosa, disse:

– Vocês têm meleca no nariz. Vocês têm meleca no nariz. Vocês têm meleca no nariz. Vejam!

Eu não tinha nenhuma nem tampouco o sueco. Estava tudo certo com nossos narizes. O real significado de suas palavras estava além de nossa compreensão, mas o sentido indireto estava claro: ele não gostava de nossa aparência – e a cerveja, evidentemente, custava dez centavos a caneca.

Meti a mão no bolso e coloquei outro *dime* no balcão, comentando, sem dar importância:

– Oh, pensei que esta fosse uma espelunca de cinco centavos.

– Seu dinheiro não serve aqui – respondeu o botequineiro, jogando as moedas de volta para mim.

Com tristeza, devolvi-as ao meu bolso; com tristeza, olhamos desejosos para o bendito aquecedor e para as cadeiras; e, com tristeza, saímos porta afora para enfrentar a noite gelada.

Quando passávamos pela porta, o botequineiro ainda gritou:

– Vocês têm meleca no nariz, viu?

Conheci boa parte do mundo desde então, viajei por terras e povos estranhos, li muitos livros, dei palestras em diversos auditórios; mas, até hoje, ainda que tenha ponderado profunda e longamente, fui incapaz de adivinhar o significado da frase críptica daquele botequineiro em Evanston, Wyoming. Nossos narizes *estavam* limpos.

Dormimos a noite toda sobre as caldeiras de uma central elétrica. Como achamos aquela "hospedaria", não sei. Devíamos ter ido para lá instintivamente, como os cavalos rumam para a água ou os pombos-correio voam para o pombal. Mas aquela não foi uma noite agradável de lembrar. Uma dúzia de vagabundos encontrava-se no topo das caldeiras... e estava quente demais para todos nós. Para completar nosso sofrimento, o responsável não nos deixou ficar lá embaixo e nos deu a escolha entre ficar nas caldeiras ou na neve lá fora.

– Você disse que queria dormir; então, maldição, durma! – gritou para mim quando, desesperado e acabado pelo calor, desci para a sala das caldeiras.

– Água – falei com a voz arfante e entrecortada, limpando o suor da minha testa. – Água.

Ele apontou para fora das portas e me assegurou que lá embaixo, em algum lugar na escuridão, eu encontraria o rio. Comecei a me dirigir para lá, caí em dois ou três fossos, desisti e retornei, quase congelado, à parte de cima das caldeiras. Quando acabei de degelar, estava com mais sede do que nunca. À minha volta, os vagabundos gemiam, resmungavam, choramingando, suspirando, ofegando, virando, revirando e se agitando pesadamente em seu tormento. Éramos muitas almas penadas assando numa chapa infernal, enquanto o responsável, o próprio Satã encarnado, nos dava como única alternativa congelar no frio lá fora. O sueco se sentou e amaldiçoou furiosamente a ânsia por aventuras que o levara a vagabundear e a sofrer durezas como aquela.

– Quando eu voltar a Chicago – proclamou –, arrumarei um emprego e ficarei nele até o inferno congelar. E só depois vou vagabundear de novo.

E tal é a ironia do destino que, no dia seguinte, quando a ferrovia foi desobstruída, o sueco e eu saímos de Evanston em caixas de gelo de um Orange Special, um trem de carga rápido carregado de frutas da ensolarada Califórnia. É claro, as caixas de gelo estavam vazias por causa do clima frio, mas nem por isso as achávamos mais quentes. Entramos pelas portinholas no teto do vagão; as caixas eram feitas de ferro galvanizado, e, naquele clima gélido, não eram agradáveis de tocar. Ficamos lá deitados, tremendo e rangendo os dentes; e, depois de uma consulta mútua, decidimos que ficaríamos perto das caixas de gelo dia e noite, até que saíssemos daquela região inóspita e tivéssemos descido para o vale do Mississippi.

Mas tínhamos de comer, e decidimos que na próxima parada sairíamos em busca de algo. Em seguida, correríamos de volta às nossas caixas de gelo. Chegamos à cidade de Green River no final da tarde, mas ainda muito cedo para jantar. Aquele era o pior horário para "bater às portas"; mesmo assim, tomamos coragem, saltamos das escadas laterais à medida que o cargueiro entrava no pátio da estação e corremos para as casas. Rapidamente nos separamos, mas concordamos em nos encontrar nas mesmas caixas de gelo. A sorte não me ajudou no começo; mas, no final, com um par de "quentinhas" dentro da camisa, persegui o trem, que estava saindo e ganhando velocidade. O vagão-frigorífico no qual deveríamos nos encontrar já havia partido, e, meia dúzia de carros para trás ao longo do trem, pulei para as escadas laterais, subi para o teto apressadamente e caí numa caixa de gelo.

No entanto, um guarda-freio tinha me visto e, na parada seguinte, alguns quilômetros adiante, em Rock Springs, colocou a cabeça para dentro de minha caixa e disse:

– Cai fora, seu filho-da-mãe! Cai fora! – Também me segurou pelos pés e me arrastou para fora. Eu literalmente fui jogado para fora; e o Orange Special e o sueco continuaram a viagem sem mim.

A neve começava a cair. Uma noite fria chegava. Depois de escurecer, explorei o local ao redor dos pátios da gare até encontrar um vagão-frigorífico vazio. Subi nele – não para dentro de caixas de gelo, mas para dentro do próprio carro. Fechei as pesadas portas laterais, e suas bordas, cobertas com tiras de borracha, selaram o carro hermeticamente. As paredes eram grossas e não havia como o frio penetrar. O interior, contudo, era tão frio quanto o lado de fora. O problema era saber como aumentar a temperatura. Mas sempre confie num "profissa" para fazer esse serviço. Dos meus bolsos, tirei três ou quatro jornais. Queimei-os, um de cada vez, no piso do vagão. A fumaça subiu para o topo. Nada do calor podia escapar; e, confortável e aquecido, passei uma noite agradável. Não acordei uma só vez.

De manhã, ainda nevava. Enquanto batia perna atrás do café da manhã, perdi o trem de carga que rumava para o Leste. Naquele mesmo dia, ainda peguei dois outros cargueiros e fui expulso de ambos. Durante toda a tarde, nenhum trem passou para o Leste. A neve caía mais grossa do que nunca, mas ao crepúsculo viajei no primeiro vagão dos correios do expresso. Quando pulei no carro por um lado, alguém se agarrou a ele no outro. Era o mesmo garoto que tinha fugido do Oregon.

O primeiro vagão de um trem rápido numa tempestade de neve não é nenhum piquenique de verão. O vento atravessa a pessoa, atinge a parte da frente do carro e volta por trás. Na primeira parada, já à noite, fui para a locomotiva e conversei com o foguista. Ofereci-me para trabalhar para ele, "atirando" carvão até o final da linha, em Rawlins, e minha oferta foi aceita. Meu serviço era do lado de fora do tênder, na neve, quebrando os pedaços de carvão com uma picareta e atirando-os para ele, na cabine. Contudo, como eu não tinha que trabalhar o tempo todo, poderia entrar ali e me aquecer de vez em quando.

A ESTRADA

– Olha só – eu disse ao foguista na primeira oportunidade que tive para descansar –, há um garotinho lá atrás no primeiro vagão. Ele está com muito frio.

As cabines nas locomotivas da Union Pacific têm bastante espaço, e colocamos o garoto num canto bem quente, em frente ao banco do foguista, onde ele rapidamente caiu no sono. Chegamos a Rawlins à meia-noite. A neve estava mais espessa do que nunca. Lá, a locomotiva deveria ir para a gare e ser trocada por uma nova. Quando o trem ia parando, pulei de suas escadas e caí nos braços de um homenzarrão vestindo um enorme casaco. Ele começou a me fazer perguntas, ao que prontamente exigi que se identificasse. Na mesma hora, ele me informou que era o xerife. Abaixei a cabeça, ouvi o que tinha a dizer e respondi.

Ele começou a descrever o garoto que ainda dormia na cabine. Pensei rápido. Evidentemente, a família andava à sua procura; por certo, o xerife recebeu instruções do Oregon pelo telégrafo. Sim, eu tinha visto o garoto. Eu o conhecera em Ogden. A data coincidia com a informação de que o xerife dispunha. Mas ele ficara para trás, sabe-se lá onde, expliquei, já que tinha sido expulso daquele expresso naquela mesma noite, ao sair de Rock Springs. E durante todo o tempo eu rezava para que o garoto não acordasse, não saísse da cabine e não me colocasse numa enrascada.

O xerife me deixou e foi entrevistar os guarda-freios; mas, antes de partir, disse:

– Meu chapa, esta cidade não é lugar para você. Compreende? Você vai embora neste trem, e não se engane quanto a isso. Se eu te pegar depois que ele partir...

Garanti que não estava em sua cidade porque queria; que a única razão para me encontrar ali era o fato de o trem ter parado lá; e que ele não me veria mais, já que eu sairia de sua maldita cidade o mais rápido que pudesse.

Enquanto ele foi interrogar os guarda-freios, pulei de volta na cabine. O garoto estava acordado, esfregando os olhos. Contei-lhe as novidades e o aconselhei a se esconder na locomotiva enquanto ficasse na gare. Resumindo, o garoto partiu no mesmo expresso, viajando no limpa-trilhos, com instruções para pedir ao foguista, na primeira parada, permissão para viajar na locomotiva. Já eu, fui jogado para fora. O novo foguista era jovem e ainda não tinha a descontração suficiente para quebrar as regras da Companhia, que proibiam a presença de vagabundos na cabine; assim, rejeitou minha oferta de atirar carvão. Espero que o garoto tenha tido mais sorte, já que ficar a noite inteira no limpa-trilhos, numa nevasca daquelas, poderia significar a morte.

É estranho, mas não me recordo mais de um detalhe sequer de como fui expulso em Rawlins. Lembro-me de ver o trem se afastar enquanto era, imediatamente, engolido pela tempestade de neve, e de caminhar para um bar, para tentar me aquecer. Lá havia luz e calor. O lugar estava cheio de entusiasmo e a entrada era livre. Jogavam-se faraó, roletas, cartas, as mesas de pôquer em plena atividade; alguns vaqueiros loucos tornavam a noite anima-da. Eu acabara de me confraternizar com eles e tomava minha primeira bebida à sua custa, quando uma mão pesada desceu sobre meu ombro. Olhei para trás e suspirei. Era o xerife.

Sem uma palavra, ele me levou para fora, no meio da neve.

– Há um Orange Special lá embaixo, na estação – disse.

– Está um frio dos diabos respondi.

– Ele parte em dez minutos – ele retrucou.

Isso era tudo. Não houve discussão. E, quando aquele Orange Special partiu, eu estava nele, nas caixas de gelo. Pensei que meus pés fossem congelar antes da manhã, e nos últimos 35 quilômetros para Laramie fiquei de pé no alçapão e dancei para cima e para baixo. A neve estava tão cerrada que os guarda-freios dificilmente conseguiriam me ver – e eu não me importava se me vissem.

Com meu quarto de dólar comprei um café da manhã quente em Laramie e imediatamente depois já estava a bordo do *blind baggage* de um expresso que subia a passagem pelo espinhaço das Rochosas. Em geral, não se viaja num carro desse tipo durante o dia, mas, naquela nevasca no topo das Montanhas Rochosas, duvidei de que os guarda-freios tivessem coragem de me botar para fora. E não tiveram. Acostumaram-se a vir para a frente, em cada parada, ver se eu já estava congelado.

No monumento de Ames, no cume das Rochosas – já me esqueci a altitude –, o brequista veio pela última vez.

– Diga, meu chapa – falou –, você está vendo aquele trem de carga parado ao lado, para nos deixar passar?

Eu vi. Estava na outra via, a dois metros de distância. Alguns metros a mais naquela tempestade e eu não teria conseguido vê-lo.

– Bem, a "retaguarda" do Exército de Kelly está em um daqueles carros. Eles colocaram quase um metro de palha no piso, e há tantos homens lá dentro que mantêm o carro aquecido.

Seu conselho era bom, e resolvi segui-lo, preparado, contudo, para voltar ao vagão onde já estava, quando o expresso partisse, se aquele fosse um "truque" do guarda-freio para se livrar de mim. Mas era verdade. Encontrei o carro – um grande vagão refrigerador com uma porta bem aberta para ventilação. Entrei nele. Pisei na perna de um homem e, em seguida, no braço de outro. A luz estava fraca, e tudo o que eu podia distinguir eram braços, pernas e corpos numa confusão inextricável. Nunca vi tamanho emaranhado de gente. Estavam todos deitados na palha, por cima, por baixo e em torno uns dos outros; 84 vagabundos robustos ocupam muito espaço quando estão esticados. Os homens nos quais pisei se incomodaram. O corpo deles movia-se embaixo de mim como ondas do mar e me impelia num movimento involuntário. Eu não conseguia encontrar um lugar sequer onde pisar na palha; então, pisei sobre mais homens. O ressentimento aumentou, assim como meu movimento à frente. Até que me desequilibrei e caí de forma brusca. Infelizmente, foi sobre a cabeça de um homem. No momento seguinte, irado, ele ficou de quatro e me jogou para longe. O que sobe tem de descer – e eu desci sobre a cabeça de outro sujeito.

O que aconteceu depois daquilo está muito vago na minha memória. Era como passar por uma debulhadora. Fui empurrado de um lado para o outro do carro. Aqueles 84 vagabundos jogavam-me como uma bola, até restar quase nada de mim. Por algum milagre, encontrei um pouco de palha onde poderia descansar. Tinha sido iniciado, e por um grupo animado. Durante todo o resto do dia, viajamos através da nevasca, e para passar o tempo decidimos que cada homem contaria uma história. Estipulou-se que cada narrativa teria de ser boa e, mais ainda, que deveria ser inédita. A pena para quem fracassasse seria a "debulhadora".

Ninguém falhou. E quero dizer aqui que nunca na minha vida me sentei com contadores de história tão maravilhosos. Ali estavam 84 homens de todo o mundo – eu completava 85; e cada um contava uma obra-prima. E tinha de ser assim. Caso contrário, iam para a "debulhadora".

No final da tarde, chegamos a Cheyenne. A nevasca estava no auge, e, apesar da nossa última refeição ter sido o café da manhã, nenhum homem fez questão de sair em busca de jantar. Durante toda a noite atravessamos a tempestade e, no dia seguinte, entramos nas doces planícies do Nebraska, ainda viajando. Escapamos da tormenta e das montanhas. O sol abençoado brilhava sobre a terra sorridente, mas não tínhamos comido nada havia 24 horas. Descobrimos que o trem de carga chegaria por volta do meio-dia na cidade de Grand Island, se bem me lembro.

Coletamos dinheiro entre todos nós e mandamos um telegrama para as autoridades daquela cidade. O texto da mensagem dizia que 85 vagabundos saudáveis e famintos chegariam lá por volta do meio-dia, e que seria uma boa ideia ter uma refeição pronta para eles. As autoridades de Grand Island tinham duas opções. Podiam nos alimentar ou nos jogar na cadeia. No caso da última, teriam de nos dar de comer, de qualquer forma; por isso, decidiram sabiamente que uma refeição seria a opção mais barata.

Quando o trem de carga entrou em Grand Island ao meio-dia, estávamos sentados no teto dos vagões, balançando nossas pernas ao sol. Todos os policiais da cidade faziam parte de nosso comitê de recepção. Mandaram que marchássemos em esquadrões para vários hotéis e restaurantes, onde refeições nos foram distribuídas. Havíamos ficado 36 horas sem comer e não precisávamos ser ensinados sobre o que fazer. Depois, ordenaram que voltássemos para a estação ferroviária. A polícia havia sabiamente mandado o cargueiro nos esperar. O trem partiu devagar, e os 85 de nós, escalonados ao longo dos trilhos, nos apinhamos nas escadas laterais. "Capturamos" o trem.

Não se jantou naquela noite – pelo menos, não a "retaguarda" –, mas eu sim. Justo na hora da refeição, quando o trem de carga saía de uma cidadezinha qualquer, um homem saltou para dentro do carro em que eu me encontrava jogando cartas com outros

A ESTRADA

três vadios. Sua camisa estava inchada de forma suspeita. Na mão, carregava um copão envelhecido, fumegante. Senti o cheiro de "Java". Passei minhas cartas para outro daqueles vagabundos que olhavam o jogo e pedi licença. Então, na outra extremidade do vagão, seguido por olhares invejosos, sentei-me ao lado do sujeito que tinha acabado de subir a bordo. Ele compartilhou comigo seu "Java" e os alimentos que trouxe na camisa. Era o sueco.

Por volta das dez horas da noite, chegamos a Omaha.

– Vamos sacudir esse pessoal – o sueco me disse.

– Claro – respondi.

À medida que o trem de carga entrava em Omaha, nos preparamos para descer. Mas o povo de Omaha também tinha seus planos. O sueco e eu nos penduramos nas escadas laterais, prontos para pular. Mas o cargueiro não parou. Além disso, longas fileiras de policiais, com seus botões e estrelas de latão brilhando à luz das lâmpadas elétricas, alinhavam-se em cada lado dos trilhos. Nós dois sabíamos o que iria acontecer conosco se caíssemos em suas mãos. Ficamos ali mesmo, nas escadas laterais, e o trem prosseguiu pelo rio Missouri até Council Bluffs.

O "general" Kelly, com um exército de dois mil vagabundos, estava acampado em Chautauqua Park, a vários quilômetros dali. Nosso grupo era sua retaguarda, e, saindo do trem em Council Bluffs, começamos a marchar para o acampamento. A noite esfriou, e, por causa das pesadas borrascas, acompanhadas de chuva, estávamos gelados e empapados. Muitos policiais nos acompanharam até o acampamento. O sueco e eu vimos nossa chance de escapulir e fizemos uma fuga bem-sucedida.

A chuva começou a cair em torrentes, e, na escuridão, como um par de cegos (sem podermos ver até mesmo nossas mãos diante de nós), tateamos em volta, em busca de um abrigo. Guiados pelo instinto, logo esbarramos num bar – não um bar aberto, em pleno funcionamento, ou fechado apenas naquela noite; não tinha sequer um endereço permanente: era um bar montado sobre grandes toras de madeira, com rodas embaixo, que estava sendo movido de um lugar para outro. As portas estavam trancadas. Uma rajada de vento e chuva nos açoitou. Não hesitamos. Derrubamos a porta e entramos.

139

Já passei por muitas dificuldades quando era jovem, vagabundeei em metrópoles infernais, me deitei em poças de água e dormi na neve sob dois cobertores quando o termômetro registrava 74 graus abaixo de zero (o que é a bagatela de 23 graus centígrados negativos), mas, quero dizer aqui, que nunca passei uma noite mais miserável do que aquela com o sueco no bar itinerante em Council Bluffs. Primeiro, o edifício, suspenso, tinha uma variedade de aberturas expostas no chão, pelas quais o vento entrava. Segundo, o balcão estava vazio; não havia nenhuma garrafa de aguardente com a qual pudéssemos nos esquentar e esquecer nosso sofrimento. Não tínhamos sequer cobertores; e, usando nossas roupas molhadas (molhadas até os ossos), tentamos descansar. Rolei para baixo do balcão, e o sueco, sob a mesa. Os buracos e as fendas no piso tornavam impossível dormir, e depois de meia hora me deitei no topo do balcão. Logo em seguida, o sueco se esticou em cima da mesa.

E lá ficamos a tiritar e a rezar pela chegada da luz do dia. Só sei que tremi até não poder mais, até meus músculos se exaurirem e provocarem dores horríveis. O sueco gemia e resmungava, e a cada momento, com os dentes rangendo, dizia:

– Nunca mais, nunca mais! – Ele repetiu essa frase incessantemente, mil vezes. E, quando por fim desmaiou, continuou repetindo-a durante o sono.

Ao primeiro raio da alvorada, deixamos aquela casa de sofrimento e, lá fora, nos encontramos envolvidos numa densa e fria neblina. Chegamos aos trilhos da ferrovia depois de muitos tropeços. Decidi voltar para Omaha, em busca do café da manhã; meu companheiro ia para Chicago. O momento de nos separarmos tinha chegado. Estendemos nossas mãos enrijecidas e geladas. Tremíamos de frio. Quando tentamos falar, nossos dentes rangeram tanto que ficamos em silêncio. Estávamos sós, isolados do mundo. Tudo o que podíamos ver era um curto trecho de trilhos ferroviários, ambas as extremidades perdidas no nevoeiro. Olhamos um ao outro, sem nada falar, nossas mãos apertadas, balançando fraternalmente. O rosto do sueco estava azul de frio, e sei que o meu devia estar também.

– Nunca mais o quê? – consegui dizer.

A frase ficou presa na garganta do sueco; então, fraca e distante, num leve murmúrio que vinha do fundo de sua alma congelada, ouvi as palavras:

– Nunca mais serei um vagabundo.

Ele fez uma pausa, e, quando continuou novamente, a voz ganhou força ao afirmar sua vontade.

– Nunca mais serei um vagabundo. Vou arrumar um trabalho. Você deveria fazer o mesmo. Noites como esta causam reumatismo.

Ele sacudiu com força minha mão.

– Adeus, meu chapa – ele disse.

– Adeus, meu chapa – respondi.

Em seguida, nos afastamos e fomos engolidos pela névoa. Era nosso último encontro. Mas esta é para você, senhor Sueco, seja lá onde estiver. Espero que você tenha conseguido aquele trabalho.

PÉ NA ESTRADA

De vez em quando, em jornais, revistas e enciclopédias biográficas, leio esboços da minha vida, nos quais, em frases polidas, dizem que foi para estudar sociologia que me tornei um vagabundo. É algo muito gentil e perspicaz da parte dos biógrafos, mas impreciso. Tornei-me um vadio por causa da vontade de viver dentro de mim, do desejo de aventura que corria em meu sangue e não me deixava descansar. A sociologia foi algo meramente acidental; veio depois, da mesma maneira que nos molhamos depois de um mergulho na água. Peguei a Estrada porque não conseguia ficar longe dela; porque não tinha um tostão no bolso para pagar por uma passagem de trem; porque não queria fazer a mesma coisa a vida inteira; porque... ora, apenas porque era mais fácil do que não me aventurar nela.

Tudo começou em minha própria cidade, Oakland, quando eu tinha dezesseis anos. Naquela época, eu tinha conseguido uma bela reputação em meu seleto círculo de aventureiros, no qual era conhecido como o Príncipe dos Piratas de Ostras[*].

---

[*] O termo *oyster pirate* é raramente encontrado fora dos relatos de Jack London ou de outros sobre a vida do escritor. Esta modalidade estava relacionada à indústria de ostras na baía de San Francisco, na década de 1880, época em que London atuou. As ostras nativas da Costa Oeste eram de qualidade inferior às da Costa Leste, mas quando a ferrovia transcontinental foi completada a Southern Pacific Railroad alugou terras para empresários, que criaram baixios lodosos artificiais para produzir ostras trazidas do Leste. As condições monopolísticas levaram a preços elevados, criando oportunidade para a atuação dos "piratas de ostras", que atacavam os criatórios de ostras à noite e vendiam o produto aos mercados

É bem verdade que aqueles que estavam imediatamente fora do meu grupo, como os honestos marinheiros da baía, os estivadores, os barqueiros e os legítimos donos das ostras, me chamavam de "durão", "malandro", "ladrão" e várias outras coisas nada agradáveis... mas que, para mim, eram cumprimentos e só serviam para aumentar meu orgulho. Naquela época eu não tinha lido o *Paraíso perdido**, e, mais tarde, quando dei com a frase de Milton, "melhor ser rei no inferno do que servo no céu", fiquei completamente convencido de que grandes mentes correm na mesma raia.

Foi nessa época que uma sucessão fortuita de eventos me empurrou para minha primeira aventura na Estrada. Calhou de não haver nada para fazer com o negócio de ostras; que em Benicia, a 65 quilômetros dali, havia alguns cobertores que eu queria buscar; e que em Port Costa, a uma boa distância daquela localidade, encontrava-se um barco roubado, ancorado sob a responsabilidade de um guarda. Esse barco era de propriedade de um amigo meu, Dinny McCrea. Foi roubado e deixado em Port Costa por Whiskey Bob, outro colega. (Pobre Whiskey Bob! Apenas no inverno passado é que acharam seu corpo na praia, crivado de balas, disparadas por um desconhecido.) Eu tinha descido o rio algum tempo antes e informado a Dinny McCrea a localização de seu barco; e ele prontamente me ofereceu dez dólares se o trouxesse de volta para ele, em Oakland.

Eu não tinha nada para fazer. Sentei-me no cais e falei sobre isso com Nickey, "o Grego", outro pirata de ostras desocupado.

"Vamos lá", eu disse; e Nickey aceitou. Ele estava "duro". Eu tinha cinquenta centavos e um barquinho. O dinheiro, investi em biscoitos de água e sal, em carne enlatada e em um frasco de dez centavos de mostarda francesa. (Gostávamos muito de mos-

---

de Oakland pela manhã. Como a população, em geral, não gostava das ostras do Pacífico Sul nem de seus gananciosos cultivadores, e, ao mesmo tempo, queria um produto de boa qualidade a preços acessíveis, os "piratas de ostras" teriam ganhado a simpatia do público enquanto a polícia hesitava em combatê-los. Este foi um dos diversos "trabalhos" de Jack London na juventude. (N. T.)

* Referência ao poema épico de John Milton, publicado em 1667. Cf. ed. em port.: J. Milton, *Paraíso perdido* (Lisboa, Cotovia, 2006). (N. T.)

A ESTRADA

tarda francesa naquela época.) Então, no final da tarde, içamos a vela do bote e partimos. Velejamos a noite toda e, na manhã seguinte, na primeira e gloriosa maré, empurrados por um bom vento, entramos pelos estreitos de Carquinez, em Port Costa. Lá estava o barco roubado, nem a oito metros de distância do cais. Aproximamo-nos e recolhemos as velas de nosso pequeno bote. Mandei Nickey à frente para levantar a âncora enquanto eu começava a amarrar os rizes.

Um homem correu para fora do cais e nos cumprimentou: era o guarda. De repente, me dei conta de que tinha esquecido de pegar uma autorização escrita de Dinny McCrea para tomar posse de seu barco. Também sabia que o guarda queria cobrar pelo menos 25 dólares em taxas por ter resgatado o barco de Whiskey Bob e por ter, em seguida, tomado conta dele. Meus últimos cinquenta centavos tinham sido gastos em carne enlatada e mostarda francesa, e a recompensa, de qualquer maneira, seria de apenas dez dólares. Dei uma olhada para Nickey. Ele se esforçava para levantar a âncora.

"Puxe-a", sussurrei a ele, e, depois, gritei de volta ao guarda. O resultado foi que ele e eu falamos ao mesmo tempo, nosso pensamento em voz alta colidindo no meio do ar e fazendo a maior algazarra.

O guarda ficou mais autoritário, e fui obrigado a ouvi-lo. Nickey estava se esforçando tanto para puxar a âncora que cheguei a pensar que estouraria uma veia. Quando o guarda parou de ameaçar, perguntei a ele quem era. O tempo que perdeu respondendo possibilitou a Nickey soltar a âncora. Enquanto isso, eu fazia rápidos cálculos mentais. Aos pés do guarda, uma escada descia do cais até a água, e a ela estava amarrado um bote com remos, preso com cadeado. Apostei tudo naquele cadeado. Senti a brisa no meu rosto, percebi a maré subindo, olhei para os rizes remanescentes que seguravam a vela, corri meus olhos para cima das adriças até a talha e notei que tudo estava em ordem; então, acabei com a dissimulação.

"Toca o barco!", gritei a Nickey e me apressei para os rizes, soltando-os e agradecendo à minha boa estrela que Whiskey Bob as tivesse amarrado em nós direitos em vez de cegos.

O guarda escorregou pela escada e tentava abrir o cadeado com a chave. A âncora subiu e o último riz foi deslaçado no mesmo instante que o guarda soltou seu barco e colocou as mãos nos remos.

"Puxar a adriça do pique", ordenei para minha tripulação, ao mesmo tempo que recolhia as adriças do mastro. Para cima, estendeu-se a vela. Dei a volta ao cabo e fui direto para o leme.

"Cace-o!", gritei a Nickey, já no seu limite. O guarda estava quase alcançando nossa popa. Mas uma forte rajada de vento nos atingiu e disparamos. Foi ótimo! Se eu tivesse uma bandeira negra, sei que a teria içado em sinal de triunfo. O guarda se levantou no barco, gritando como louco – não conseguiu ofuscar a glória do dia com a vividez de sua linguagem. Ele também se arrependia de não ter uma arma. Como vocês podem ver, essa era outra aposta que havíamos feito.

De qualquer forma, não estávamos roubando o barco que, afinal de contas, não era do guarda. Estávamos apenas deixando de lhe pagar as taxas, seu modo particular de espoliar as pessoas. E não o fazíamos em proveito próprio, mas em benefício de meu amigo Dinny McCrea.

Chegamos a Benicia em poucos minutos, e logo depois meus cobertores já estavam a bordo. Amarrei o barco na extremidade do Cais dos Barcos a Vapor, de onde podíamos ver qualquer pessoa que viesse atrás de nós. Talvez o guarda de Port Costa telefonasse para o colega de Benicia. Nickey e eu nos reunimos em conselho de guerra. Deitamo-nos no convés, ao sol cálido, a brisa fresca soprando em nosso rosto, a maré ondulando e rodopiando, passando por nós. Era impossível voltar para Oakland antes da tarde, quando começaria a baixa-mar. Mas imaginamos que o guarda iria ficar de olho nos estreitos de Carquinez quando a maré vazante viesse. Não havia nada que pudéssemos fazer, a não ser esperar a próxima maré, às duas horas da manhã seguinte, quando então poderíamos passar por aquele Cérbero na escuridão.

Assim, ficamos deitados no convés e fumamos cigarros, contentes por estarmos vivos. Cuspi para o lado e calculei a velocidade da corrente.

A ESTRADA

– Com este vento, poderíamos ir rápido até o rio Vista – eu disse.

– E é época de fruta ao longo do rio – retrucou Nickey.

– E a água está baixa – completei. – É a melhor época do ano para ir a Sacramento.

Sentamo-nos e olhamos um para o outro. O glorioso vento oeste estava soprando em nós, agradável como vinho. Cuspimos ao largo e avaliamos a corrente. Considero que tudo foi culpa da corrente e do bom vento. Eles despertavam nossos instintos de marinheiro. Se não tivesse sido por eles, toda a cadeia de eventos que me colocaria na Estrada teria se rompido.

Sem mais palavras, soltamos as amarras e levantamos a vela. Contudo, nossas aventuras no rio Sacramento não fazem parte desta narrativa. Chegamos, na sequência, à cidade de Sacramento e amarramos o barco no cais. A água estava boa, e passamos a maior parte do tempo nadando. Do banco de areia ao montante da ponte da ferrovia, mergulhamos com um grupo de garotos que faziam o mesmo. Entre nadadas, deitávamos na margem e conversávamos. Falavam de maneira diferente daquela dos sujeitos com os quais eu estava acostumado a me relacionar. Era um novo vernáculo para mim. Eles eram *road-kids* e, a cada palavra que proferiam, o desejo imperioso de pegar a Estrada se apoderava de mim.

– Quando estava no Alabama... – um garoto começava.

Aí, outro falava:

– Quando se vem no C. &. A. de KC...

E um terceiro dizia:

– No C. &. A. os vagões postais não têm degraus.

E eu ficava deitado em silêncio na areia e ouvia:

– Foi numa cidadezinha em Ohio, no Lake Shore e Michigan Southern – um rapaz iniciava a conversa; então, o colega perguntava:

– Você já viajou no Cannonball, no Wabash?

Ao que o outro retrucava:

– Não, mas estive no White Mail, saindo de Chicago.

– Por falar em "ferroviar", espere até você chegar à Pensilvânia, por quatro trilhos, nenhuma caixa-d'água e o pessoal do trem lhe jogando água. Isso é que é dureza.

147

– A linha Northern Pacific está ruim, atualmente.

– Salinas é "fatela", os "tiras" são hostis.

– Fui "grampeado" em El Paso, com Moke Kid.

– Falando em comida, espere até você chegar à área rural francesa, ao redor de Montreal. Não falam uma palavra em inglês. Aí você diz: *Mongee, Madame, mongee no spika da French*, esfrega a barriga e aparenta estar com fome. E lhe dão uma pedaço de toucinho e uma fatia de pão seco.

E eu continuava deitado na areia, a ouvir. Aqueles viajantes faziam a atividade de piratas de ostras parecer brincadeira de criança. Um novo mundo se abria para mim a cada palavra proferida – um mundo de eixos e pistões, de *blind baggages* e *pullmans* de portas laterais, de "tiras" e "guarda-freios", de "pulos" e *chewin's**, de "grampeadas" e "fugas", de "gravatas" e *bindle-stiffs*, de *punks* e "profissas". E tudo isso significava Aventura. Muito bem, eu iria enfrentar esse novo mundo. "Alinhei-me" com aqueles *road-kids*. Eu era tão forte, tão rápido, tão atento e tão esperto quanto qualquer um deles.

Já à noite, depois de nadar, eles se vestiram e foram para a cidade. Acompanhei-os. Os garotos começaram a "bater" a calçada principal atrás de esmolas, ou, em outras palavras, a mendigar por dinheiro na rua central. Eu nunca mendigara na minha vida, e esta era a coisa mais difícil de aguentar, quando, pela primeira vez, peguei a Estrada. Eu tinha noções absurdas sobre essa atividade. Minha filosofia, até aquela época, era de que era melhor roubar do que pedir; e de que o roubo era melhor ainda porque o risco e a pena eram proporcionalmente maiores. Como pirata de ostras, já tinha recebido condenações da Justiça, as quais, se as tivesse de cumprir, teriam me tomado mil anos na prisão estadual. Roubar era um ato viril; mendigar era sórdido e desprezível. Mas, nos tempos que viriam, fui mudando, até chegar a ver a mendicância como uma brincadeira divertida, um jogo de inteligência, um exercitador de nervos.

Naquela primeira noite, porém, não estive à altura, e o resultado foi que, quando os garotos estavam prontos para ir a

---

* Gíria utilizada pelos *hobos* com diferentes significados, equivalendo ao mesmo tempo à prática do sexo oral e à comida rápida e refeições leves. (N.T.)

A ESTRADA

um restaurante, eu não tinha um tostão: estava duro. Meeny Kid, creio eu, me emprestou uns trocados, e todos comemos juntos. Mas, enquanto eu comia, meditava. Dizia-se que o receptador era tão mau quanto o ladrão. Meeny Kid havia mendigado e eu lucrara com isso. Concluí que o receptador, na prática, era muito pior que o ladrão, e que isso não deveria acontecer de novo. E não aconteceu. Voltei no próximo dia para esmolar, e no seguinte, também.

A ambição de Nickey, "o Grego", contudo, não era pegar a Estrada. Ele não teve grande êxito como pedinte e, certa noite, partiu num bote, rio abaixo, para San Francisco. Encontrei-o apenas uma semana depois, num festival pugilístico. Dali em diante, ele progrediu bastante. Ganhou lugar de honra ao lado do ringue. É agora um empresário de boxeadores – e sente-se orgulhoso disso. Na verdade, em pequena escala, no meio esportivo local, é uma celebridade.

Nenhum garoto se torna um *road-kid* até que tenha atravessado "a colina" – esta era a lei da Estrada que ouvi em Sacramento. Tudo bem, iria cruzar a colina para me tornar um membro. "A colina", por sinal, eram as Sierras Nevadas. Toda a gangue iria fazê-lo, e, é claro, eu iria junto. Aquela era a primeira aventura de French Kid na Estrada. Tinha acabado de fugir da casa dos pais em San Francisco. Dependia dele e de mim mostrar do que éramos capazes. A propósito, devo comentar que meu velho título de "Príncipe" desapareceu. Eu tinha recebido meu "apelido": "Sailor Kid", mais tarde mudado para "Frisco Kid", quando as Rochosas me separaram do meu estado natal.

Às dez e vinte da noite o expresso da Central Pacific saiu da estação de Sacramento rumo ao Leste – o detalhe particular do horário está indelevelmente gravado em minha memória. Havia cerca de uma dúzia em nossa gangue, e pusemo-nos em fila, na escuridão, à frente do trem, pronto para partir. Todos os *road-kids* locais que conhecíamos vieram nos ver partir... e também tentar nos jogar para fora do trem, se pudessem. Achavam isso engraçado, e havia aproximadamente quarenta deles para fazer isso. Seu líder era um *road-kid* de primeira chamado Bob. Sacramento era sua cidade natal, mas se aventurara na Estrada em quase todos

149

os lugares do país. Chamou French Kid e a mim para o seu lado e nos deu um conselho mais ou menos assim:

– Vamos tentar botar todos vocês para fora, viu? Vocês dois são inexperientes. O restante do pessoal consegue se virar. Por isso, tão logo vocês dois agarrarem o vagão, pulem para o convés. E fiquem nas plataformas até passar Roseville Junction, onde os guardas são hostis e se livram de todo mundo à sua vista.

A locomotiva apitou e o expresso partiu. Os três vagões postais proporcionavam bastante espaço para todos. Doze de nós que tentavam viajar do lado de fora do trem teriam preferido entrar a bordo em silêncio; mas nossos quarenta amigos se apinharam com a mais impressionante e desavergonhada gritaria e algazarra. Seguindo o conselho de Bob, imediatamente "pulei para o convés", ou seja, escalei até o teto de um dos carros-postais. Lá me deitei, o coração batendo mais rápido, e ouvi a barulheira. Toda a tripulação do trem estava na frente, e as expulsões foram rápidas e furiosas. Depois de o trem ter percorrido oitocentos metros, parou, e a tripulação jogou para fora os remanescentes. Só eu, sozinho, consegui seguir viagem.

Lá atrás, na estação, estava French Kid deitado, com as duas pernas decepadas, cercado por dois ou três garotos que tinham presenciado o acidente. Ele tinha escorregado ou tropeçado – isso foi tudo –, e as rodas fizeram o resto. Assim foi minha iniciação na Estrada. Dois anos mais tarde, quando vi French Kid de novo, examinei seus "tocos". Foi um ato de cortesia. Os "aleijados" sempre gostam de ter os membros mutilados examinados. Uma das coisas mais interessantes da Estrada é testemunhar o encontro de dois deficientes físicos. Sua deficiência em comum é uma fonte frutífera de conversação: contam como aconteceu, descrevem o que sabem sobre a amputação, fazem avaliações críticas sobre os cirurgiões dos outros e sobre os seus e terminam indo um para cada lado, tirando suas ataduras e ligaduras e comparando seus cotos.

Apenas vários dias depois, em Nevada, quando o bando me alcançou, é que fiquei sabendo do acidente de French Kid. O próprio grupo chegou em más condições. Eles haviam passado por um acidente de trem perto dos abrigos contra neve. Happy

A ESTRADA

Joe estava de muletas, com as duas pernas laceradas, e os demais cuidavam das contusões e dos hematomas.

Enquanto isso, deitado no teto de um vagão-postal, eu tentava me lembrar se Roseville Junction, sobre o qual Bob me advertira, era a primeira ou a segunda parada. Para garantir, me preparei para descer para a plataforma do vagão dos correios até a segunda parada. Mas desisti. Eu era novo nesse jogo e me sentia mais seguro onde estava. Contudo, nunca contei ao bando que passei a noite toda no teto, ao longo das Sierras, dos abrigos de neve e dos túneis, até Truckee, do outro lado, aonde cheguei às sete da manhã. Isso era algo péssimo de fazer, e eu seria alvo de piadas. Esta é a primeira vez que confesso a verdade sobre aquela primeira viagem cruzando a colina. De qualquer forma, o grupo decidiu que eu me saíra bem, e, quando voltei para Sacramento, me tornara um autêntico *road-kid*.

Ainda assim, eu tinha muito que aprender. Bob era meu mentor, e ele se saiu bem na função. Lembro-me de uma noite (era época de feira em Sacramento, onde batíamos às portas e nos divertíamos), quando perdi meu chapéu numa briga. Lá estava eu na rua, sem chapéu, quando Bob veio me ajudar. Chamou-me de lado e me disse o que fazer. Mas hesitei em seguir o seu conselho. Eu tinha acabado de sair da cadeia, onde ficara preso por três dias, e sabia que, se a polícia me "grampeasse" de novo, eu iria entrar numa fria e apanharia para valer. Por outro lado, não podia mostrar que tinha medo. Eu cruzara a colina, andara com o bando em todas as situações e dependia de mim mostrar serviço. Então aceitei o conselho de Bob – e ele me acompanhou, para ver se eu estaria à altura.

Tomamos nossa posição na rua K, na esquina, creio eu, da Quinta. Era o começo da noite, e a rua estava lotada. Bob estudou os chapéus de cada chinês que passou. Eu costumava me perguntar como todos os *road-kids* possuíam chapéus Stetson caros, de abas duras, que custavam cinco dólares, e agora eu descobrira. Eles os conseguiam do modo como eu conseguiria o meu: dos chineses.

Eu estava nervoso – havia tanta gente em volta –, mas Bob continuava frio como um iceberg. Várias vezes, quando eu começava a caminhar na direção de um chinês, muito tenso e agitado, Bob me puxava de volta. Queria que eu pegasse um chapéu que fosse ao mesmo tempo bom e que também me servisse. De vez em quando, aparecia um justamente do tamanho certo, mas que não era novo; e, depois de uma dúzia de chapéus horríveis, surgiria um novo em folha, mas do tamanho errado. Quando víamos um novo e do tamanho certo, tinha a aba grande ou pequena demais. Meu Deus, Bob era difícil de contentar! Eu estava tão exausto que teria pegado qualquer coisa para cobrir a cabeça.

Por fim, apareceu o chapéu, o único em Sacramento feito para mim. Sabia que era o certo assim que o vi. Olhei para Bob, que correu os olhos ao redor para ver se havia algum policial por perto, e então deu o sinal. Tirei o chapéu da cabeça do chinês e coloquei-o na minha. Cabia perfeitamente. Então comecei minha fuga. Ouvi Bob gritando e, de esguelha, o vi bloqueando o irado mongol, fazendo-o tropeçar. Continuei correndo. Dobrei a próxima esquina e, depois, a seguinte. Essa rua não estava tão cheia quando a K, e caminhei em silêncio, retomando o fôlego e orgulhoso pelo meu chapéu e pela fuga.

Então, de repente, na volta da esquina atrás de mim, veio o chinês sem chapéu, acompanhado de mais um par de conterrâneos, além de meia dúzia de homens e garotos. Disparei para a próxima esquina, atravessei a rua e dobrei a seguinte. Achei que tinha conseguido despistá-lo e voltei a andar novamente. Mas, na volta da esquina, em meu encalço, lá vinha aquele persistente mongol. Era a velha história do coelho e da tartaruga. Ele não podia correr tão rápido quanto eu, mas continuava em meu encalço, num trote desajeitado e enganoso, ainda que perdendo muito fôlego por proferir suas imprecações barulhentas. Ele chamou toda Sacramento para testemunhar a desonra que fora perpetrada sobre ele, e uma boa porção da cidade o ouviu e o seguiu. Eu continuava correndo como um coelho, mas aquele mongol persistente, com uma multidão cada vez maior o seguindo, sempre me alcançava. Por fim, quando um policial se uniu ao populacho, corri de verdade. Juro que corri em diagonal, em ziguezague, e pelo menos vinte quarteirões em linha reta. E nunca mais vi aquele chinês outra vez. Aquele chapéu era um elegante

A ESTRADA

Stetson, novinho em folha, que acabara de sair da loja, e era invejado por todo o meu bando. Além do mais, era o símbolo de que eu mostrara serviço. Eu o usei por mais de um ano.

Os *road-kids* são sujeitinhos legais – quando se está sozinho na companhia deles e eles estão te contando histórias... Mas acreditem em mim: tomem cuidado quando estão em grupo. Aí são lobos, e, como tais, são capazes de derrubar o homem mais forte. Nessas horas, não lhes falta coragem. Jogam seus corpos magros e vigorosos como arame sobre qualquer pessoa, até que esteja subjugada e sem possibilidade de lutar. Mais de uma vez os vi fazer isso, e sei do que estou falando. O motivo é, em geral, o roubo. E cuidado com a "gravata". Cada garoto no bando em que viajei era *expert* nisso. Até French Kid se tornou um mestre deste golpe antes de perder as pernas.

Ainda me lembro claramente de uma cena que vi certa vez nos "Salgueiros". Os salgueiros eram um arvoredo num terreno baldio, perto da estação de trem, não mais que cinco minutos a pé do coração de Sacramento. É noite e apenas a suave luz das estrelas ilumina a cena. Vejo um trabalhador robusto no meio do grupo de *road-kids:* está furioso e praguejando, sem medo nenhum, confiante da própria força. Deve pesar em torno de 85 quilos, e seus músculos são rígidos. Mas ele não sabe contra o que está lutando. Os garotos estão rosnando. Não é algo bonito de ver. Acorrem por todos os lados, e o homem, girando sobre si mesmo, reage violentamente, golpeando e escoiceando. Barber Kid está do meu lado. À medida que o indivíduo rodopia, Barber Kid pula para a frente e aplica o golpe. Joga o joelho nas costas dele; ao redor do pescoço, por trás, passa a mão direita, o osso do pulso pressionando contra a veia jugular. E então atira todo o peso para trás. É uma alavanca poderosa. Além disso, todo o ar do indivíduo é cortado. É a "gravata".

O homem resiste, mas já está praticamente indefeso. Os *road-kids* estão sobre ele por todos os lados, agarrando seu corpo, seus braços e suas pernas. E, como um lobo na garganta de um alce, Barber Kid se pendura no pescoço do sujeito e continua puxando-o para trás. O grupo se joga sobre o homem, derrubando-o no chão. Barber Kid muda a posição do próprio corpo, mas nunca solta. Enquanto alguns dos garotos revistam a vítima, outros seguram suas pernas para que ele não possa chutá-los. Aproveitam para tirar os sapatos do homem. Ele, por sua vez, desistiu – foi vencido. Também, com a "gravata" em volta do pescoço, mal consegue respirar. Emite barulhos curtos e engasgados, e os garotos se apressam. Realmente não querem matá-lo. O trabalho está feito. A uma ordem, todos soltam o sujeito ao mesmo tempo e se espalham, um deles carregando os sapatos – ele sabe onde pode vendê-los por meio dólar.

O homem se senta e olha ao redor, zonzo e indefeso. Mesmo se quisesse persegui-los descalço, na escuridão, seria inútil. Aguardo um momento e olho para ele. Apalpa a garganta, emitindo ruídos secos, pigarreando e virando a cabeça de maneira singular, como para se assegurar de que o pescoço não estivesse deslocado. Então vou embora, para me unir ao grupo e nunca mais ver aquele sujeito – apesar de que sempre o verei, sentado lá, à luz das estrelas, de alguma forma zonzo, um pouco amedrontado, muito desorientado, e fazendo movimentos abruptos, dando solavancos e sacudidelas na cabeça e no pescoço para se certificar de que tudo estava bem.

Os bêbados são a caça preferida dos *road-kids*. Roubar um bêbado é denominado por eles "rolar um vadio"; e, onde quer que estejam, constantemente procuram por homens embriagados. O ébrio é sua vítima favorita, como a mosca é a vítima preferida da aranha. Rolar um vadio, às vezes, é uma cena divertida de ver, em especial quando o vagabundo está indefeso e a interferência é improvável. De cara, o dinheiro e as joias dele desaparecem. Em seguida, os garotos sentam ao redor da vítima, numa espécie de conselho de guerra. Um deles acaba gostando da gravata da vítima e a leva; outro está atrás das roupas íntimas. Elas vão sendo tiradas, e, com uma faca, eles cortam rapidamente as mangas e as pernas das calças. Vagabundos amigos podem ser chamados para pegar o casaco e as calças, que não servem aos garotos, por serem grandes demais. E no final partem, deixando ao lado do vagabundo um monte de farrapos descartados.

A ESTRADA

Lembro-me de outra cena. É noite. Meu grupo caminha pela calçada, nos subúrbios. À nossa frente, sob a luz elétrica, um homem atravessa a rua na diagonal. Há algo hesitante em seu andar. Os garotos sentem o cheiro da caça no mesmo instante. O indivíduo está embriagado. Anda às tontas na calçada oposta e perde-se na escuridão ao pegar um atalho por um terreno baldio. Não se ouve nenhum grito de caça, mas a matilha se lança adiante, em rápida perseguição. No meio do terreno baldio, o grupo o alcança. Mas o que é isso? Vejo formas estranhas, pequenas, fracas e ameaçadoras rosnando entre nosso grupo e a presa. É outra gangue de *road-kids*. Na pausa hostil que se segue, descobrimos que aquele homem é o seu alvo: o haviam seguido por mais de uma dúzia de quarteirões, e nós, agora, os atrapalhávamos. Mas esse é um mundo primitivo. Aqueles lobos eram apenas filhotes. (Por sinal, acho que nenhum tinha mais de doze ou treze anos. Conheci alguns deles mais tarde e descobri que tinham acabado de chegar naquele dia, vindos de Denver e Salt Lake City.)

Nosso grupo se atira. Os filhotes gritam, uivam e lutam como pequenos demônios pela posse do bêbado. Ele cai no meio da confusão e o combate continua feroz: todos lutam por seu corpo, da mesma forma que os gregos e os troianos o faziam pelo corpo e pela armadura de um herói tombado. Entre gritos, lágrimas e lamentações, os filhotes de lobo são vencidos, e minha matilha pega o ébrio. Mas sempre me recordo do pobre homem e de seu olhar surpreso e estonteado diante da abrupta erupção da batalha no terreno baldio. Eu o vejo agora no meio da escuridão, titubeando, estupidamente surpreendido, tentando evitar, com sua boa natureza, aquela briga multitudinária à qual ele não entendia, e depois a expressão de genuína dor e decepção em seu rosto ao perceber que alguém inofensivo como ele havia sido agarrado por tantas mãos e arrastado ao meio da confusão.

Os *bindle-stiffs* são outras presas que agradam aos *road-kids*. Um *bindle-stiff* é um vagabundo que trabalha. Ele toma esse nome de um rolo de cobertores que carrega, conhecido como *bindle*, ou seja, "trouxa" ou "colchonete". Pelo fato de trabalhar, espera-se que um *bindle-stiff* tenha, em geral, algum trocado no bolso; e é atrás daquele trocado que vão os *road-kids*. Os melhores

155

lugares para caçar *bindle-stiffs* são nos barracões, nos celeiros, nas serralherias, nas estações de trem etc., nos limites das cidades, e o melhor horário é à noite, quando o *bindle-stiff* procura um lugar para se enrolar nos cobertores e dormir.

Os *gay-cats* também sofrem nas mãos dos *road-kids*. Numa linguagem mais familiar, *gay-cats* são recém-iniciados, *chechaquos** ou novatos na Estrada, em geral adultos ou, pelo menos, adolescentes. Já uma criança, por outro lado, não importa quão inexperiente seja, nunca é um *gay-cat*; é um *road-kid* ou um *punk* e, se viaja com um "profissa", fica conhecida como *prushun***. Nunca fui um *prushun*. Fui primeiro um *road-kid* e depois um profissa. Como comecei jovem, praticamente pulei meu aprendizado de *gay-cat*. Por um curto período, durante a época em que eu estava trocando meu apelido de Frisco Kid pelo de Sailor Jack, houve quem desconfiasse de que eu fosse um *gay-cat*. Mas quando me tornava amigo mais íntimo daqueles que suspeitavam de mim, rapidamente mudavam de ideia, e, em pouco tempo, adquiri os inconfundíveis ares e marcas de um legítimo profissa. E, fiquem sabendo, aqui e agora, que os profissas são a aristocracia da Estrada. São seus donos e senhores; são homens agressivos, os nobres primitivos, as *feras loiras**** tão queridas de Nietzsche.

Quando voltei de Nevada, fiquei sabendo que algum pirata fluvial tinha roubado o barco de Dinny McCrea. (Uma coisa engraçada sobre aquele dia é que não consigo lembrar o que aconteceu com o barco no qual Nickey, "o Grego", e eu velejamos de Oakland para Port Costa. Tudo o que sei é que o guarda não o pegou e que ele não subiu o rio Sacramento conosco.) Com a perda do barco de Dinny McCrea, só me restava a Estrada; e, quando me cansei de Sacramento, disse adeus ao meu bando (o qual, de maneira amistosa, tentou me jogar para fora de um trem

---

*   Termo utilizado no Klondike para designar os recém-chegados ou novatos. (N. T.)

**   Termo derivado da palavra *Prussian*, que serve para designar o garoto que viaja com um vagabundo mais velho, costumeiramente o acompanha para mendigar e por vezes tem um caso homossexual com ele. (N. T.)

***   Termo utilizado por Nietzsche para designar o *übermensch*, ou super-homem. (N. T.)

A ESTRADA

de carga quando eu partia da cidade) e comecei a *passear** pelo vale de San Joaquín. A Estrada me agarrara e não iria me soltar. Mais tarde, quando já havia viajado pelo mar e feito todo tipo de trabalho, voltei para a Estrada, para viagens mais longas, para ser um "cometa"** e um profissa, e para mergulhar na banheira de sociologia que me molhou até a alma.

---

* Desta forma, em itálico, no original. (N. T.)

** Outro termo usado para designar a "aristocracia" dos vagabundos, ou seja, os vadios que só viajavam em trens expressos e em longas jornadas. (N. T.)

DOIS MIL VAGABUNDOS

Certa vez, por umas poucas semanas, o destino me levou a viajar com um bando de 2 mil vagabundos conhecido como o Exército de Kelly*. Partindo da Califórnia e atravessando o Oeste selvagem e bárbaro, o general Kelly e seus heróis tomaram vários trens de assalto, mas tiveram problemas quando cruzaram o Missouri e se dirigiram para a impotente região Leste, que não tinha a menor intenção de dar transporte grátis para tantos vadios juntos. Assim, por algum tempo, o grupo ficou estacionado, sem ação, em Council Bluffs. O dia que me juntei a ele, chegando desesperadamente atrasado, ele se preparava para capturar mais um trem.

Era uma visão bastante imponente. O general Kelly montava um magnífico corcel negro, e, com bandeiras tremulando, ao som marcial de pífaros e tambores, 2 mil vagabundos desfilaram diante dele, companhia após companhia, em duas divisões, e foram para a estrada que levava à pequena cidade de Weston, a onze quilômetros de distância. Sendo o último recruta, eu fora colocado na última companhia, do último regimento, da Segunda Divisão – e, além disso, na última fila da retaguarda. O exército

---

* Jack London, no texto original, começa o parágrafo com a frase *a stiff is a tramp*, ou "um *stiff* é um vagabundo" que, neste caso, fica completamente deslocada e desnecessária. O termo já foi amplamente explicado em outros capítulos. Ele se utilizou deste recurso para deixá-lo mais claro aos leitores que, talvez, não tivessem lido seus relatos anteriores, publicados em formato serializado na revista *Cosmopolitan*. Ainda assim, manteve a frase no formato de livro. (N. T.)

159

JACK LONDON

foi acampar em Weston, ao lado dos trilhos de duas linhas férreas: a de Chicago–Milwaukee–St. Paul e a de Rock Island.

Nossa intenção era pegar o primeiro trem, mas os funcionários da ferrovia descobriram nossos planos – e ganharam. Não havia nenhum trem por lá. Eles interditaram as duas linhas, e os trens pararam de passar. Nesse intervalo, enquanto deitávamos próximos aos trilhos abandonados, a boa gente de Omaha e Council Bluffs se agitava. Preparativos estavam sendo feitos para formar uma turba, capturar uma composição em Council Bluffs e levá-la de presente. Os funcionários da ferrovia, contudo, também descobriram aquela jogada. Não esperaram pela chegada da multidão. Bem cedo, pela manhã do segundo dia, uma locomotiva (com um único carro particular atrelado) entrou na estação e parou na via auxiliar. A esse sinal de esperança, todo o exército se alinhou ao lado dos trilhos.

Mas nunca a esperança foi tão pouco promissora como naquelas duas ferrovias. Do Oeste, ouviu-se o apito de uma locomotiva vindo em nossa direção; ela seguia para o Leste, justamente para onde rumávamos. Todos se agitaram e começaram a se preparar em nossas fileiras. O apito soou rápido, furioso, e o trem passou por nós troando, em velocidade máxima. Ainda estava para nascer o vagabundo que pudesse ter subido a bordo. Outra locomotiva apitou e outro trem passou a toda velocidade; e depois, trem após trem, trem após trem, até o último, eram compostos de vagões de passageiros, vagões de carga, locomotivas avariadas, *cabooses*[*], vagões-postais, plataformas com guindastes e toda a tralha de um material rodante desgastado e abandonado que se acumula nos pátios das grandes estações. Quando os pátios em Council Bluffs haviam sido completamente esvaziados, a locomotiva e seu vagão particular partiram para o Leste, deixando os trilhos abandonados de novo.

Aquele dia e o seguinte passaram sem novidades; enquanto isso, atingidos por geada, chuva e granizo, os 2 mil vagabundos permaneciam ao lado dos trilhos. Mas naquela noite, a boa gente

---

[*] Os *cabooses* eram vagões atrelados a um trem de carga nos quais a tripulação poderia dormir, cozinhar e fazer as refeições. (N. T.)

A ESTRADA

de Council Bluffs levou a melhor em relação aos funcionários da ferrovia. Uma multidão se formou na cidade, atravessou o rio para o lado de Omaha e lá, juntando-se a outra turba, invadiu os pátios da Union Pacific. Primeiro, capturaram uma locomotiva; depois, todos unidos subiram, empilhados, a bordo, atravessaram o Missouri e seguiram depressa pela linha Rock Island, para nos entregar o trem. Os funcionários da ferrovia tentaram impedir essa jogada, mas, para o terror mortal do chefe da seção de Weston e de seu subordinado, fracassaram. A dupla, seguindo ordens secretas enviadas pelo telégrafo, tentou interditar a linha férrea e descarrilar nosso trem de carga, repleto de simpatizantes nossos. Só que estávamos desconfiados e tínhamos nossas patrulhas em atividade. Pegos em flagrante tentando sabotar a via e cercados por 2 mil vagabundos furiosos, aquele chefe de seção e seu assistente se prepararam para encontrar a morte. Não me lembro o que os salvou, a não ser que tenha sido a chegada do trem.

Era nossa vez de nos dar mal – e nos demos mal mesmo. Na pressa, as duas turbas haviam negligenciado providenciar um trem longo o suficiente para tanta gente: não havia lugar para 2 mil vagabundos! Então os cidadãos e os vadios conversaram, confraternizaram, cantaram e partiram, cada qual para seu lado, as turbas voltando no trem capturado para Omaha e os vagabundos saindo na manhã seguinte, numa marcha de 215 quilômetros para Des Moines. Foi só depois de o Exército de Kelly atravessar o Missouri que começou a caminhar; e, a partir daí, nunca mais viajou de trem. Custava muito dinheiro às ferrovias; agiram por princípio e venceram.

Underwood, Leola, Menden, Avoca, Walnut, Marno, Atlantic, Wyoto, Anita, Adair, Casey, Stuart, Dexter, Carlham, De Soto, Van Meter, Booneville, Commerce, Valley Junction – como o nome das cidades volta à minha memória à medida que consulto o mapa e traço nossa rota pelos férteis campos de Iowa! E os hospitaleiros fazendeiros daquele estado! Vinham nas carroças nos recepcionar e carregavam nossa bagagem; serviam-nos almoços quentes ao meio-dia, à beira da estrada; prefeitos de simpáticas cidadezinhas faziam discursos de boas-vindas e nos desejavam boa viagem; grupos de meninas e moças solteiras vinham ao nosso

161

encontro; e os bons cidadãos apareciam às centenas, de braços dados, e marchavam conosco pelas ruas principais. Todo dia era dia de circo quando chegávamos a qualquer cidade.

À noite, nosso acampamento era invadido por toda a população. Cada companhia tinha sua fogueira, e, em torno de cada uma delas, as atividades se desenvolviam. Os cozinheiros da minha companhia, a Companhia "L", eram músicos e dançarinos, e os que mais contribuíam para o nosso entretenimento. Em outra parte do acampamento, um coral cantava – uma das vozes mais destacadas era a do "Dentista", tirado da Companhia "L", o que nos deixava muito orgulhosos. Ele também arrancava os dentes de todo o exército, e nossa digestão era estimulada por uma variedade de incidentes. O Dentista não tinha anestesia, mas dois ou três de nós estávamos sempre dispostos a servir de voluntário para segurar o paciente. Acrescentados aos números das companhias e do coral, serviços religiosos eram normalmente oferecidos, executados pelos padres locais, e sempre havia grande quantidade de discursos políticos. Todas essas coisas aconteciam ao mesmo tempo, de um lado ao outro do acampamento: era uma feira completa! Muito talento pode ser encontrado no meio de 2 mil vagabundos. Lembro-me de que tínhamos um ótimo time de beisebol e de que, aos domingos, enfrentávamos as equipes locais. Às vezes, fazíamos isso duas vezes no mesmo domingo.

No ano passado, durante uma turnê de palestras, viajei por Des Moines num *pullman* – não num *pullman* de portas laterais, mas num de verdade. Na periferia da cidade, vi a velha fundição, e meu coração bateu mais depressa. Foi lá, doze anos antes, que o exército, com seus pés inchados, jurou que não andaria mais. Tomamos posse da fundição e dissemos a Des Moines que havíamos chegado para ficar – que iríamos entrar, mas seríamos abençoados se saíssemos. Des Moines foi hospitaleira, porém aquilo era bom demais para ser verdade. Façam um pequeno cálculo mental, caros leitores: 2 mil vagabundos comendo três refeições completas fazem 6 mil refeições por dia, 42 mil refeições por semana ou 168 mil refeições no mês mais curto do calendário. Isso é muito! Não tínhamos dinheiro. Estávamos por conta de Des Moines.

A cidade estava desesperada. No acampamento, fizemos discursos políticos e religiosos, arrancamos dentes, jogamos beisebol e *seven-up* e comemos nossas 6 mil refeições diárias. Des Moines pagou por todas elas. A cidade pediu ajuda às companhias ferroviárias, mas estas foram irredutíveis – haviam dito que não nos levariam, e ponto final. Se nos permitissem viajar, abririam um precedente, e isso não iriam fazer. E continuamos comendo. Este era o fator aterrorizante da situação. Estávamos indo para Washington, e Des Moines teria de contrair um empréstimo para pagar pelas passagens de trem, mesmo com desconto. E, se ficássemos qualquer tempo mais, teria, de qualquer maneira, de conseguir mais empréstimos para nos alimentar.

Até que algum gênio local resolveu o problema. Havíamos decidido que não andaríamos mais. Pois muito bem! Então que fôssemos de barco. De Des Moines para Keokuk, no Mississippi, corria o rio Des Moines. Esse trecho particular do rio tinha quinhentos quilômetros de extensão. Poderíamos viajar nele, disse o gênio local, e, uma vez equipados com material flutuante, descer o Mississippi para o rio Ohio, e daí subi-lo, para depois de um curto percurso sobre as montanhas chegarmos a Washington.

Des Moines fez uma subscrição. Cidadãos com espírito público contribuíram com vários milhares de dólares. Madeira, cordas, pregos e algodão para calafetar foram comprados em grande quantidade, e nas margens do Des Moines foi inaugurada uma tremenda era de construção naval. O Des Moines é um riacho insignificante, indevidamente elevado à categoria de "rio". Em nossas amplas terras do Oeste, seria chamado de "riacho". Os habitantes mais velhos balançaram a cabeça e disseram que não conseguiríamos, que não havia água suficiente para boiarmos. Mas Des Moines não se importou, desde que se livrasse de nós – e, como éramos muito otimistas e bem alimentados, também não nos importávamos.

Na quarta-feira, 9 de maio de 1894, partimos e demos início ao nosso piquenique colossal. Des Moines se safou bem da situação e por certo ficou devendo uma estátua de bronze ao gênio local que a tirou daquela dificuldade. É verdade que a cidade teve de pagar por nossos barcos. Havíamos comido 66 mil refeições na fundição e pegamos 12 mil refeições adicionais para levar conosco no barco de abastecimento, como precaução contra a fome na natureza selvagem. Mas pensem no que teria significado se tivéssemos permanecido em Des Moines por onze meses em vez de onze dias. Além disso, quando partimos, prometemos a Des Moines que voltaríamos se não conseguíssemos flutuar no rio.

Estava tudo ótimo com 12 mil refeições nas mãos dos responsáveis pelo abastecimento; e sem dúvida, eles as aproveitaram, já que prontamente se perderam, e meu barco, por exemplo, nunca mais os viu de novo. A formação da companhia foi rompida de modo irremediável durante a viagem no rio. Em qualquer grupo de homens sempre poderá ser encontrada certa porcentagem de parasitas, incompetentes, gente ordinária e malandros. Os dez homens em meu barco eram a nata da Companhia "L". Todos eram gatunos. Por duas razões fui incluído no grupo. Primeiro, eu era um gatuno tão bom quanto qualquer um ali e, depois, era "Sailor Jack". Eu entendia de barcos e de velejar. Os dez de nós nos esquecemos dos quarenta homens remanescentes da Companhia "L" e, na hora que nos faltou uma refeição, esquecemos na mesma hora do pessoal do abastecimento. Éramos independentes. Descemos o rio "por conta própria", nos virando para pegar o que pudéssemos para comer, ultrapassando todos os barcos da frota, e (ai de mim!), devo confessar, algumas vezes confiscando dos estoques que o pessoal das fazendas tinha coletado para o exército.

Por boa parte dos quinhentos quilômetros, estávamos de meio a um dia à frente do exército. Havíamos conseguido pegar várias bandeiras americanas. Quando nos aproximávamos de uma cidadezinha, ou víamos um grupo de fazendeiros reunidos nas margens, levantávamos nossas bandeiras, dizíamos que éramos o "barco avançado" e exigíamos saber que provisões haviam sido coletadas para o exército. Representávamos o exército, é claro, e as provisões nos eram entregues. Mas não havia nada de mesquinho nisso. Nunca pegamos mais do que podíamos carregar, embora pegássemos o melhor de tudo. Por exemplo, se algum fazendeiro filantropo tivesse doado tabaco no valor de muitos dólares, nós o pegávamos. Também pegávamos manteiga e açúcar, café e latas de

A ESTRADA

conserva; mas quando os estoques consistiam de sacos de feijão e farinha, ou de dois ou três bezerros abatidos, de forma resoluta recusávamos e seguíamos nosso caminho, deixando ordens para entregar tais provisões aos barcos de abastecimento, que deveriam chegar depois.

Meu Deus, nós dez vivemos do bom e do melhor! Por bastante tempo, o general Kelly tentou, em vão, nos ultrapassar. Ele enviou dois remadores, num barco leve, de casco arredondado, para nos interceptar e colocar um ponto final em nossa carreira de piratas. De fato, nos apanharam, mas eram dois contra dez. Disseram-nos que estavam autorizados pelo general Kelly a nos prender. Quando expressamos total falta de inclinação para nos tornar seus prisioneiros, correram para a próxima cidade, para invocar o auxílio das autoridades. Desembarcamos imediatamente e cozinhamos um jantar cedo, e, sob o manto da escuridão, corremos da cidade e de suas autoridades.

Mantive um diário durante parte da viagem e, à medida que o leio de novo, noto uma frase persistentemente recorrente: "Vivendo bem". Sem dúvida, vivíamos bem. Quase nunca fazíamos café com água fervida. Preparávamos nosso café com leite, chamando a maravilhosa bebida, se me lembro bem, de "Viena pálida".

Enquanto nos mantínhamos adiante, ficando com o bom e o melhor de tudo, o barco de abastecimento continuava perdido, lá atrás, e o exército principal, entre um e outro, passava fome. Isso era duro para o exército, devo concordar; mas nós dez éramos individualistas. Tínhamos iniciativa e espírito empreendedor. Acreditávamos ardentemente que a comida era destinada ao homem que chegasse primeiro, e a Viena pálida, para os mais fortes. Numa pernada, o exército ficou 48 horas sem comer nada, até que chegou num pequeno vilarejo de mais ou menos trezentos habitantes, cujo nome não me lembro, ainda que eu ache que era Red Rock. Esta cidade, seguindo a prática de todas as outras por onde o exército tinha passado, indicou um comitê de segurança. Contando cinco pessoas por família, Red Rock consistia de sessenta lares. O comitê de segurança se assustou com a erupção de 2 mil vagabundos famintos alinhando seus barcos em duas ou três fileiras ao longo das margens do rio. O general

165

Kelly era um homem decente. Não tinha nenhuma intenção de causar danos ou dificuldades à vila. Não esperava que sessenta lares fornecessem 2 mil refeições. Além disso, o exército tinha seu "baú do tesouro"[*].

Mas o comitê de segurança perdeu a cabeça. "Nenhum apoio ao invasor" era seu lema, e quando o general Kelly quis comprar comida o comitê se recusou a vendê-la. Disse que não tinha nada para vender e que o dinheiro do general Kelly não era bom em sua cidade. Foi então que ele entrou em ação. As trombetas soaram. O exército deixou os barcos nas margens e entrou em formação de combate. O comitê estava vendo tudo. O discurso do general Kelly foi curto.

– Rapazes – ele disse –, quando foi a última vez que vocês comeram?

– Anteontem– gritaram.

– Vocês estão com fome?

Uma resposta colossal vinda de 2 mil gargantas fez tremer a atmosfera. Então, o general Kelly se voltou para o comitê de segurança:

– Como veem, cavalheiros, esta é a situação. Meus homens não comem nada há 48 horas. Se eu os soltar em sua cidade, não serei responsável pelo que possa acontecer. Estão desesperados. Ofereci comprar comida, mas vocês se recusaram a vendê-la para mim. Agora, retiro minha oferta. Em vez disso, devo exigir. Dou-lhes cinco minutos para decidir. Ou vocês abatem seis bezerros e me fornecem 4 mil rações, ou solto os homens. Cinco minutos, cavalheiros.

Aterrorizado, o comitê de segurança olhou para os 2 mil vagabundos famintos e entrou em colapso. Não esperou os cinco minutos. Não iria se arriscar. O abate dos bezerros e a coleta dos alimentos começaram imediatamente, e o exército jantou.

Ainda assim, os dez individualistas desajeitados correram à frente e pegaram tudo à vista. Mas o general Kelly deu um jeito na gente: enviou cavaleiros para cada margem do rio, para avisar

---

[*] Reserva de dinheiro para situações como aquela. (N. T.)

A ESTRADA

aos fazendeiros e ao povo das cidades sobre nós. Fizeram um bom trabalho. Os antes hospitaleiros fazendeiros começaram a nos receber com frieza. Também davam ordens para que os guardas soltassem os cachorros quando encostávamos na margem. Bem sei do que estou falando. Dois destes últimos me pegaram numa cerca de arame farpado com dois baldes de leite nas mãos (para fazer minha Viena pálida) perto do rio. Não estraguei a cerca, mas bebemos café comum, fervido com água, e tive de mendigar por outro par de calças. Eu me pergunto, caros leitores, se vocês já tentaram escalar às pressas uma cerca de arame farpado com um balde de leite em cada mão. Desde aquele dia, tenho preconceito contra arame farpado, e já juntei estatísticas sobre o tema.

Incapazes de levar uma vida decente enquanto o general Kelly mantivesse seus dois cavaleiros à nossa frente, retornamos para o exército e fizemos uma revolução. Era um caso pequeno, mas devastou a Companhia "L" da Segunda Divisão. O capitão da Companhia "L" se recusou a nos receber de volta; disse que éramos desertores, traidores e mandriões; e quando distribuiu as rações para a Companhia "L", não nos deu nada. Aquele capitão não gostava da gente ou não teria se recusado a nos dar o rango. Prontamente, tivemos uma conversa com o primeiro-tenente. Ele se uniu a nós com dez homens de seu barco, e, em troca, o elegemos capitão da Companhia "M". O capitão da Companhia "L" pôs-se aos gritos. Sobre nós caíram o general Kelly, o coronel Speed* e o coronel Baker**. Vinte de nós nos mantivemos firmes, e nossa revolução foi ratificada.

Mas nunca nos preocupamos com o pessoal do abastecimento. Nossos gatunos conseguiam rações melhores dos fazendeiros. Nosso novo capitão, porém, desconfiava de nós: como nunca sabia quando iria ver os dez de nós novamente (uma vez que saíamos de manhã), chamou um ferreiro para garantir sua autoridade. Na popa de nosso barco, um em cada lado, foram fixados dois

---

* George Speed, fabricante de chapéus, comandava a unidade de Sacramento do Exército de Kelly. (N. T.)

** William Baker era um dos organizadores do segmento de San Francisco daquele exército. (N. T.)

pesados anéis de ferro. De forma correspondente, na proa de seu barco, foram amarrados dois enormes ganchos de metal. Os barcos ficaram presos um ao outro, pelas extremidades, os ganchos suspensos nos anéis, e lá estávamos nós, impassíveis. Não podíamos nos soltar do capitão. Mas éramos irrepreensíveis. Com o próprio material que nos manietava, criamos um aparelho invencível que nos permitia ultrapassar qualquer barco da frota.

Como todas as grandes invenções, essa nossa foi acidental. Nós a desenvolvemos na primeira vez que topamos com um tronco submerso numa parte de uma corredeira. O barco que ia à frente ficou preso com a âncora e o barco da retaguarda girou na correnteza, fazendo pivotar o barco da vanguarda sobre o tronco submerso. Eu estava ao leme do barco da retaguarda, pilotando. Em vão, tentamos tirá-lo dali. Então ordenei aos homens do barco da frente que fossem para o barco de trás. Imediatamente, o barco da frente flutuou bem, e seus homens voltaram para ele. Depois disso, troncos submersos, recifes, baixios e outros obstáculos não nos atemorizavam mais. No instante em que o barco de vanguarda acertava algo, os homens que nele se encontravam pulavam para o barco de trás. É claro, quando o barco da frente se soltava da obstrução, o barco de trás ficava preso. Como autômatos, os vinte homens agora no barco de trás pulavam para o da frente, e o barco de trás passava flutuando.

Os barcos usados pelo exército, achatados e de linhas retangulares, eram todos parecidos, fabricados em série e recortados. Cada barco tinha dois metros de largura, cinco metros de comprimento e meio metro de profundidade. Portanto, quando nossos dois barcos estavam enganchados, sentei-me ao leme manobrando uma embarcação de dez metros de comprimento, contendo vinte vagabundos robustos que se revezavam uns aos outros nos remos e repleta de cobertores, utensílios de cozinheiro e nosso próprio abastecimento de comida.

Ainda assim, causávamos problemas ao general Kelly. Ele tinha chamado seus cavaleiros e lhes confiara três barcos de polícia, que viajavam na vanguarda e não permitiam que outras embarcações passassem por eles. O barco com a Companhia "M"

A ESTRADA

acompanhava de perto aquelas patrulhas. Podíamos ter passado por eles facilmente, mas era contra as regras. Então, mantivemos uma distância respeitável à popa e esperamos. À frente, sabíamos que havia um campo virgem de fazendas generoso, intocado por mendigos, mas esperamos. Velocidade era tudo de que precisávamos, e, quando demos a volta na curva e uma corredeira apareceu, sabíamos o que iria acontecer. *Smash!* O barco de polícia número um vai contra um recife e fica preso. *Bang!* O barco de polícia número dois segue o exemplo. *Whop!* O barco de polícia número três encontra o mesmo destino. É claro que nosso barco faz o mesmo, mas um ou dois homens saem do barco de vanguarda e vão para o barco de trás; um ou dois homens que pertencem ao barco de trás estão de volta nele e continuamos disparando.

– Parem! Seus safados! – gritavam os policiais em seus barcos.

– Como podemos? Maldito seja esse rio! – nos queixamos melancolicamente enquanto passávamos depressa por eles, pegos naquela corrente sem remorso que nos levava para fora de vista e para um campo de fazendas hospitaleiro, onde recompusemos nosso abastecimento privado com a nata de suas contribuições. De novo, bebemos Viena pálida e concluímos que o rancho é para o homem que chega primeiro.

Pobre general Kelly! Ele bolou outro esquema. Toda a frota saiu à nossa frente. A Companhia "M" da Segunda Divisão começou no lugar que lhe competia: o último. E só nos levou um dia para colocarmos um fim naquele esquema particular; 43 quilômetros de água perigosa estavam diante de nós – todas as corredeiras, baixios, obstáculos e pedras. Era aquele trecho do rio que os habitantes mais velhos de Des Moines consideravam o mais preocupante. Quase duzentos barcos entraram nas águas perigosas à nossa frente e se amontoaram da maneira mais impressionante. Passamos por aquela frota encalhada como cicuta pelo fogo. Não havia como evitar as pedras, os obstáculos e os troncos submersos, exceto indo para as margens. Não os evitamos. Fomos direto para cima deles, um, dois, um, dois, barco da frente, barco de trás, barco da frente, barco de trás, todos para a frente e para trás, e para trás de novo. Acampamos sozinhos aquela noite e passeamos pelo campo todo o dia seguinte, enquanto o exército remendava e consertava seus barcos acidentados antes de nos alcançar.

Não havia como parar nossa obstinação. Levantamos um mastro, içamos a vela (cobertores) e viajamos poucas horas enquanto o exército se esforçava para nos manter à vista. Então, o general Kelly recorreu à diplomacia. Nenhum barco poderia nos alcançar. Sem discussão, éramos o grupo mais "quente" que jamais descera o Des Moines. A proibição de ultrapassar os barcos de polícia foi revogada. O coronel Speed entrou a bordo, e, com o distinto oficial, tivemos a honra de chegar em Keokuk, no Mississippi. E quero dizer ao general Kelly e ao coronel Speed que aqui lhes estendo a mão. Vocês foram heróis, os dois, e também foram homens. E me desculpem por pelo menos dez por cento da confusão que lhes foi causada pelo barco de vanguarda da Companhia "M".

Em Keokuk, toda a frota foi amarrada junta, formando um enorme barco, e, depois de ser levada pelo vento por um dia, um vapor nos rebocou, descendo o Mississippi para Quincy, Illinois, onde acampamos do outro lado do rio na ilha Goose. Aqui, a ideia da embarcação foi abandonada, os barcos foram unidos em grupos de quatro e lhes acrescentado um convés. Alguém me disse que Quincy era a cidade mais rica do seu tamanho nos Estados Unidos. Quando ouvi isso, fui tomado de súbito por um impulso irresistível de bater pernas. Nenhum "profissa" de verdade poderia passar por cidade tão promissora sem se deter. Cruzei o rio para Quincy num pequeno bote, mas voltei numa grande chalana, descendo para o verdugo, com os resultados da minha mendicância. É claro, guardei todo o dinheiro que tinha coletado, apesar de pagar o aluguel do barco; também fiz minha seleção de cuecas, meias, roupas usadas, camisas, calças e chapéus; e, quando a Companhia "M" tinha pegado tudo o que queria, ainda havia uma quantidade respeitável, que foi entregue à Companhia "L". Ai de mim... como eu era jovem e pródigo naqueles dias! Contei mil histórias para a boa gente de Quincy, e cada história era "boa"; mas desde que comecei a escrever para revistas sinto falta da

A ESTRADA

riqueza das histórias, da fecundidade da ficção que esbanjei aquele dia em Quincy, Illinois.

Foi em Hannibal, Missouri, que os dez invencíveis se separaram. Não foi algo planejado. Apenas nos dividimos naturalmente. Boiler-Maker e eu desertamos em segredo. No mesmo dia, Scotty e Davy fizeram uma rápida escapulida para a costa de Illinois; também McAvoy e Fish realizaram sua fuga. Isso significa seis de dez; o que aconteceu com os quatro remanescentes, não sei. Como uma amostra da vida na Estrada, faço a seguinte citação do meu diário nos vários dias que seguiram à minha deserção:

Sexta-feira, 25 de maio. Boiler-Maker e eu deixamos o acampamento na ilha. Fomos para a margem do lado de Illinois num bote e andamos dez quilômetros no C. B. & Q. para Fell Creek. Havíamos saído dez quilômetros fora do nosso caminho, mas entramos num vagonete e viajamos dez quilômetros para Hull's, no Wabash. Enquanto estávamos lá, encontramos McAvoy, Fish, Scotty e Davy, que também haviam abandonado o exército.

Sábado, 26 de maio. Às duas e onze da manhã, pegamos o Cannonball, à medida que diminuía a velocidade ao atravessar. Scotty e Davy foram jogados para fora. Nós quatro fomos expulsos em Bluffs, 65 quilômetros adiante. À tarde, Fish e McAvoy pegaram o cargueiro enquanto Boiler-Maker e eu estávamos longe, procurando algo para comer.

Domingo, 27 de maio. Às três e vinte e um da manhã, pegamos o Cannonball e encontramos Scotty e Davy no vagão postal. Fomos expulsos em Jacksonville quando clareou o dia. O C. & A. passa por aqui, e vamos pegá-lo. Boiler-Maker foi embora, mas não voltou. Acho que pegou o trem de carga.

Segunda-feira, 28 de maio. Boiler-Maker não apareceu. Scotty e Davy saíram para dormir em algum lugar e não voltaram a tempo para pegar o K. C. de passageiros às três e meia da manhã. Peguei-o e viajei nele até depois da alvorada para Masson City, 25 mil habitantes. Peguei um trem de gado e viajei a noite toda.

Terça-feira, 29 de maio. Cheguei a Chicago às sete da manhã...

E, anos mais tarde, na China, tive o desgosto de descobrir que o dispositivo que usamos para navegar as corredeiras do Des Moines – o sistema um-dois-um-dois, barco da frente-barco de trás – não foi criado por nós. Fiquei sabendo que os barqueiros chineses haviam, por milhares de anos, usado algo similar para lidar com as "águas perigosas". É uma boa invenção, realmente, ainda que não ganhemos o crédito por ela. Isso responde ao teste da verdade do doutor Jordan[*]: "Irá funcionar? Você lhe confiaria sua vida?".

---

[*] David Starr Jordan (1851-1931), cientista e reitor da Universidade de Stanford. A citação foi tirada do seu artigo "The Stability of Truth", publicado na *Popular Science Magazine*, n. 5, de março de 1897, p. 646. (N. T.)

TIRAS

Se os vagabundos desaparecessem subitamente dos Estados Unidos, isso resultaria em grande sofrimento para muitas famílias em todo o país. O vagabundo permite que centenas de homens ganhem a vida de forma honesta, eduquem seus filhos e os criem laboriosos e tementes a Deus. Bem sei disso. Em certa época, meu pai era policial e caçava vagabundos para viver. A comunidade o pagava por cabeça, por tantos vadios que pudesse pegar; ele também recebia, creio eu, pagamento pelas viagens. A sobrevivência foi sempre um problema premente em nosso lar, e a quantidade de carne na mesa, o novo par de sapatos, um dia de passeio ou o livro escolar dependiam da sorte que meu pai tivesse na perseguição. Lembro-me bem da ansiedade reprimida e do suspense enquanto eu esperava para saber, a cada manhã, quais haviam sido os resultados de seu trabalho da noite anterior – quantos vagabundos apanhara e quais as chances de serem condenados. E então, mais tarde, quando me tornei um vagabundo que, com êxito, escapava de guardas predatórios, não podia deixar de sentir pena dos menininhos e menininhas em casa esperando pelo pai, o policial; parecia-me, de certa forma, que eu os estava privando de algumas das coisas boas da vida.

Mas tudo isso faz parte do jogo. O vagabundo desafia a sociedade, e os cães de guarda da sociedade vivem dele. Alguns vadios gostam de ser pegos pelos cães de guarda – em especial no inverno. É claro, estes selecionam comunidades onde as cadeias são "boas", onde não há trabalho obrigatório e onde a comida é farta. Tam-

173

bém havia (e provavelmente ainda há) policiais que dividiam seus honorários com os indivíduos que prendiam. Tal guarda não precisa caçar. Ele apita e a caça vem direto para suas mãos. É surpreendente o dinheiro que é feito de vagabundos sem um tostão no bolso. Por todo o Sul – pelo menos quando eu estava nessa vida – existem campos de prisioneiros e plantações onde o tempo dos condenados é comprado pelos fazendeiros e onde os vagabundos simplesmente têm de trabalhar. E há lugares como as pedreiras de Rutland, em Vermont, onde o vadio é explorado, a energia de seu corpo (a qual acumulou ao não estar mendigando nas ruas ou batendo às portas das casas) sendo-lhe extraída em benefício daquela comunidade específica.

Nada sei sobre as pedreiras de Rutland e fico muito contente por isso, principalmente quando me lembro de que quase fui parar lá. Os vagabundos espalham a notícia, e foi dessa forma, em Indiana, que ouvi pela primeira vez sobre elas. Já na Nova Inglaterra falavam disso sem parar, sempre com avisos para ter cuidado.

– Querem homens nas pedreiras – o vagabundo de passagem dizia – e nunca dão a um vadio menos que noventa dias.

À época que cheguei a New Hampshire, eu estava bastante informado sobre aquelas pedreiras e lutei para evitar, me afastar e me esquivar de guarda-freios e "tiras"* como nunca antes.

Certa noite, desci para os pátios da ferrovia em Concord e encontrei um trem de carga pronto para partir. Localizei um vagão vazio, abri a porta corrediça lateral e pulei para dentro. Tinha a esperança de passar por White River pela manhã; de lá, iria para Vermont, que ficava a não mais que 1,5 mil quilômetros de Rutland. Mas à medida que eu avançava para o Norte, a distância entre mim e o ponto de perigo começava a aumentar. No carro, encontrei um *gay-cat* que tremia de forma incomum depois de minha entrada. Achou que eu era um guarda-freio e, quando descobriu que eu era apenas um vagabundo, começou

---

* No texto original, Jack London utiliza a gíria *bull*, literalmente "touro", mas, na prática, uma associação com o *bully*, ou seja, o indivíduo agressivo e violento, que gosta de provocar, intimidar e oprimir outras pessoas. A melhor tradução para o termo é, certamente, "tira". (N. T.)

A ESTRADA

a falar sobre as pedreiras de Rutland como o motivo do medo que eu lhe causara. Era um jovem do interior e só percorrera linhas locais.

O cargueiro seguiu seu caminho. Deitamo-nos numa extremidade do vagão e dormimos. Duas ou três horas mais tarde, numa parada, fui acordado pelo ruído da porta da direita sendo aberta lentamente. O *gay-cat* continuou dormindo. Não fiz nenhum movimento, apesar de semicerrar os olhos para ver o que acontecia lá fora, através de uma pequena fenda. Uma lanterna surgiu pela porta, seguida pela cabeça de um guarda-freio. Ele nos descobriu ali e nos olhou por um instante. Eu estava preparado para uma manifestação violenta de sua parte ou para o costumeiro "Fora daqui, seu filho-da-mãe!". Em vez disso, ele retirou a lanterna com muita cautela e muito, muito suavemente correu a porta. Isso me pareceu algo bastante incomum e suspeito. Então, ouvi o fecho exterior deslizar devagar. A porta fora trancada do lado de fora. Não podíamos abri-la. De repente, nossa saída fora bloqueada. Esperei alguns segundos, aí engatinhei para a porta da esquerda e experimentei-a. Não estava trancada. Abri-a, desci e fechei-a atrás de mim. Em seguida, passei por entre os para-choques, para o outro lado do trem. Abri a porta que o guarda-freio trancara, pulei para dentro e a fechei atrás de mim. Ambas as saídas estavam disponíveis de novo. O *gay-cat* ainda dormia.

O trem continuou. Chegou à próxima parada. Ouvi passos no cascalho. Então, a porta da esquerda foi aberta ruidosamente. O *gay-cat* acordou, e fingi que fazia o mesmo. Sentamo-nos e olhamos para o guarda-freio com sua lanterna em punho. Ele não perdeu tempo e foi direto ao assunto.

– Quero três dólares – disse.

Ficamos de pé e nos aproximamos dele para conversar. Expressamos um desejo absoluto e devotado de lhe dar três dólares, mas explicamos que nossa situação precária nos impedia de fazê-lo. O guarda-freio estava incrédulo. Transigiu conosco: aceitaria dois dólares. Lamentamos nossa condição de pobreza. Fez comentários desagradáveis, nos chamou de filhos-da-mãe e nos rogou pragas até o inferno. Então ameaçou: se não arrumássemos o dinheiro, nos trancaria lá dentro, nos levaria para

White River e nos entregaria às autoridades. Também explicou tudo sobre as pedreiras de Rutland.

Aquele guarda-freio pensou que nos tinha nas mãos. Não estava ele cuidando de uma porta, e não havia fechado a outra, oposta, cinco minutos antes? Quando desatou a falar sobre as pedreiras, o *gay-cat*, assustado, começou a andar de lado, em direção à outra porta. O guarda-freio riu alto e longamente.

– Não tenha pressa – disse. – Tranquei esta porta pelo lado de fora na última parada.

Suas palavras carregavam tanta convicção que, no fundo, ele acreditava que a porta realmente estivesse trancada. O *gay-cat* acreditou e ficou desesperado.

O guarda-freio deu o ultimato: ou lhe arrumávamos os dois dólares, ou ele nos trancaria e nos entregaria à polícia em White River – e aquilo significava noventa dias nas pedreiras. Agora, caros leitores, apenas suponham que a outra porta estivesse trancada. Vejam a precariedade da vida humana. Por falta de um dólar, eu teria ido para as pedreiras e cumprido três meses como um escravo condenado. Assim como também o *gay-cat*. Deixem-me fora disso, já que eu não tinha solução, mas considerem o *gay-cat*. Ele poderia ter saído, depois daqueles noventa dias, comprometido a uma vida de crimes. E mais tarde poderia quebrar o crânio de vocês (sim, até mesmo o crânio de vocês ou o de alguma outra criatura pobre e inofensiva), com um cassetete na mão, numa tentativa de tomar à força seu dinheiro.

Mas a porta estava destrancada, e só eu sabia disso. Imploramos por perdão. Juntei-me aos pedidos e às lamentações do *gay-cat* por pura perversidade, suponho. Fiz o melhor que pude. Contei uma "história" que teria derretido o coração de qualquer malandro ou valentão, mas que não derreteu o coração daquele avarento e sórdido guarda-freio. Quando se convenceu de que não tínhamos nenhum dinheiro, fechou a porta e a trancou; ainda assim, esperou por um momento, achando que poderíamos tê-lo enganado e que iríamos acabar lhe oferecendo os dois dólares.

Foi aí que perdi a compostura. *Eu* o chamei de filho-da-mãe, de todas as outras coisas das quais ele me chamara e de algumas coisas mais. Eu vinha do Oeste, onde os homens sabiam como

A ESTRADA

xingar, e não iria deixar que qualquer guarda-freio sarnento numa mísera linha ferroviária da Nova Inglaterra me ganhasse em expressividade e vigor de linguagem. Primeiro, o guarda-freio tentou rir daquilo. Depois cometeu o erro de tentar retrucar. Perdi a compostura de novo e fui mais grosso ainda. Minha exaltação não era nenhum capricho; eu estava indignado com aquela vil criatura, que, por não ganhar um dólar, me condenaria a três meses de escravidão. Além do mais, eu desconfiava de que ele receberia o resto do dinheiro de seus honorários de polícia.

Mas dei um jeito nele. A maneira como acabei com seus sentimentos e com seu orgulho teria valido muitos dólares. Ele tentou me assustar, ameaçando entrar no vagão e tirar o dinheiro na base da força. Em resposta, prometi chutá-lo na cara enquanto estivesse subindo. Eu tinha a vantagem da posição, e ele sabia disso. Então, deixou a porta fechada e pediu ajuda ao resto da tripulação do trem. Eu podia ouvi-los respondendo e caminhando sobre o cascalho em sua direção. Durante todo esse tempo, a outra porta continuava destrancada, mas eles não sabiam disso; e, nesse ínterim, o *gay-cat* só faltou morrer de medo.

Oh, fui um herói – com minha via de escape logo atrás de mim. Insultei o guarda-freio e seus companheiros até que abriram a porta e pude ver seus rostos furiosos à luz das lanternas. Era tudo muito simples para eles. Tinham-nos encurralado no vagão e iriam entrar e dar um jeito na gente. Começaram a subir. Não chutei a cara de ninguém. Abri a porta oposta, e o *gay-cat* e eu pulamos para fora. A tripulação do trem foi atrás de nós.

Se bem me lembro, pulamos uma cerca de pedras. Mas não tenho dúvidas de onde fomos parar. Na escuridão, caí em cima de uma lápide. O *gay-cat* caiu sobre outra. E aí foi a perseguição de nossas vidas dentro de um cemitério. Os fantasmas devem ter pensado que estávamos com pressa. O mesmo deve ter pensado a tripulação do trem, já que, quando emergimos do cemitério, atravessamos uma estrada e entramos num bosque escuro. Os guarda-freios desistiram da perseguição e voltaram para o seu trem. Um pouco depois, naquela noite, o *gay-cat* e eu encontramos um poço numa fazenda. Queríamos beber água e notamos uma pequena corda que descia em um dos lados do poço. Puxamos a corda para cima e encontramos, presa na outra ponta, uma lata de um galão de nata. E isso foi o mais próximo que chegamos das pedreiras de Rutland, em Vermont.

Quando, em certa cidade, vagabundos espalham que os "tiras são hostis", evite-a. E, se tiver de passar por ela, faça-o com cautela. Há algumas cidades que devem sempre ser atravessadas com cautela. Uma delas é Cheyenne, na Union Pacific. Tinha a reputação nacional de ser "hostil" – e tudo por causa dos esforços de um tal Jeff Carr (se bem me lembro seu nome). Jeff Carr identificava um vagabundo no primeiro instante. Nunca entrou numa discussão. Num momento, avaliava o indivíduo dos pés à cabeça e, no seguinte, golpeava-o com as mãos, com um porrete ou com qualquer coisa que tivesse à disposição. Depois de lidar com o vadio, levava-o para fora da cidade, prometendo fazer-lhe algo pior se o visse de novo. Ele conhecia o jogo. De norte, sul, leste e oeste até os confins mais remotos dos Estados Unidos (Canadá e México incluídos), os vagabundos que haviam sofrido em suas mãos diziam que Cheyenne era "hostil". Felizmente, nunca cheguei a conhecê-lo. Passei por aquela cidade durante uma nevasca. Havia 84 vagabundos comigo na ocasião. A força dos números nos tornava bastante indiferentes em relação à maioria das coisas, mas não em relação a Jeff Carr. Seu nome bloqueava nossa imaginação e diminuía nossa virilidade. Todo nosso bando tinha medo mortal de encontrá-lo.

Raramente vale a pena parar e tentar dar explicações para tiras quando estes parecem "hostis". A coisa a fazer é fugir rapidinho. Levei algum tempo para aprender isso, mas a lição final me foi dada por um tira na cidade de Nova York. Desde então, é um processo automático: quando vejo um tira por perto, saio correndo! Isso se tornou uma conduta natural para mim, pronta para se manifestar instantaneamente. Nunca deverei superar isso. Se eu chegar aos oitenta anos, mancando pelas ruas de muletas, e um policial de repente for atrás de mim, sei que jogarei as muletas de lado e correrei para valer.

O retoque final da minha educação sobre tiras deu-se numa quente tarde de verão, na cidade de Nova York. Foi durante uma semana de calor abrasador. Adquiri o hábito de bater pernas pela manhã por esmolas e de passar a tarde no parquinho próximo ao

Newspaper Row e à prefeitura. Perto dali, eu podia comprar livros recém-lançados (com defeitos de fabricação ou de costura), por alguns centavos cada, dos vendedores que os levavam em carrinhos de mão. No mesmo parque havia pequenas barracas onde se podiam comprar leite e leitelho gloriosos, gelados e esterilizados, por um pêni o copo. Todas as tardes, eu me sentava no banco para ler e me esbaldar numa orgia de leite. Eu bebia de cinco a dez copos cada tarde. Afinal, o tempo estava terrivelmente quente.

Então, lá estava eu, um vagabundo manso, estudioso e bebedor de leite... e vejam só o que consegui por isso. Certa tarde, cheguei ao parque com um livro que acabara de comprar sob meu braço e uma tremenda vontade de tomar leitelho. No meio da rua, na frente da prefeitura, notei, à medida que caminhava em direção à barraca de leitelho, que uma multidão se formara. Foi justamente no lugar em que eu estava atravessando a rua; então, parei para ver o motivo daquela aglomeração de homens curiosos. Primeiro, não consegui ver nada. Depois, pelos sons que ouvi e pela olhadela que dei, soube que era um grupo de garotos jogando *pee-wee*[*]. Este jogo não é permitido nas ruas de Nova York, algo que eu não sabia... mas que aprendi bem rápido. Eu parara ali por uns trinta segundos quando ouvi um garoto gritar:

– Tira!

Os moleques conheciam bem seu negócio. Eles correram. Eu, não.

A multidão dispersou de imediato e se dirigiu para as calçadas de ambos os lados da rua. Fui para a calçada do lado do parque. Devia haver uns cinquenta homens daquela turba que iam na mesma direção. Estávamos vagamente separados. Notei o tira, um policial corpulento num uniforme cinza. Vinha no meio da rua, sem pressa, como se estivesse apenas passeando. Percebi sem querer que mudou o curso e que se dirigia, obliquamente, para a mesma calçada em que eu estava indo. Deu uma volta a pé, abrindo caminho com dificuldade pela multidão que se dispersava, e percebi que seu curso e o meu iriam se cruzar. Eu era

---

[*] Jogo de bolas de gude. (N. T.)

tão inocente de qualquer transgressão que, apesar de tudo o que sabia sobre tiras e seus modos, ainda não tinha aprendido nada. Jamais sonhei que o tira estivesse atrás de mim. Na verdade, pelo respeito que eu tinha à lei, estava disposto a parar para deixá-lo cruzar a minha frente. Parei realmente, mas não porque quis – e foi uma parada "para trás". Sem aviso, aquele tira lançou-se de repente sobre meu peito com as duas mãos. Ao mesmo tempo, xingava meus antepassados.

Meu sangue ferveu. Todos os meus ancestrais, amantes da liberdade, clamaram dentro de mim. Exigi uma explicação:

– O que você está querendo dizer?

E a recebi. *Bang*! Seu porrete desceu na minha cabeça e cambaleei para trás como um bêbado. O rosto curioso dos transeuntes movia-se para cima e para baixo como ondas do mar, meu precioso livro caiu na terra e o tira avançou com o porrete, pronto para dar outro golpe. Naquele momento, zonzo, tive uma visão: vi aquele porrete descendo muitas vezes em minha cabeça; me vi ensanguentado, arrebentado e humilhado numa corte policial; ouvi uma acusação de conduta desordeira, linguagem profana, resistência a um policial e algumas coisas mais, lidas pelo escrivão; e me vi do outro lado, na ilha de Blackwell[*]. Oh, eu conhecia aquele jogo. Perdi todo o interesse em explicações. Não parei para pegar meu precioso livro ainda não lido. Dei a volta e corri. Eu estava bastante mal, mas corri. E correrei, até o dia que morrer, sempre que um tira começar a se explicar com um cassetete.

Certa noite, muito tempo depois de meus anos de vagabundagem, quando eu era estudante na Universidade da Califórnia, fui ao circo. Depois do espetáculo, fiquei mais tempo para assistir aos trabalhos de desmontagem e da maquinaria de transporte do grande circo, que partiria aquela noite. Em frente a uma fogueira, deparei com um grupo de uns vinte meninos; e à medida que ouvia sua conversa, descobri que iriam fugir com a companhia. Os homens do circo, contudo, não queriam ser incomodados com

---

[*] Local onde ficava a prisão da cidade de Nova York, uma ilha no East River, na saída de Manhattan. (N. T.)

aquele grupo de diabretes, e um telefonema para a delegacia de polícia frustrou seus planos. Um esquadrão de dez policiais foi despachado para o local para prender os menininhos por violarem a ordem do toque de recolher das nove horas da noite. Os policiais cercaram a fogueira e se aproximaram na escuridão. Ao sinal, lançaram-se sobre eles, cada policial agarrando os jovens como se segurasse um cesto de enguias se contorcendo.

Eu não sabia nada sobre a chegada da polícia; e quando vi a súbita erupção dos tiras de capacetes e distintivos de latão, cada um deles tentando agarrar tantos quantos pudesse, todas as forças e a estabilidade em mim desvaneceram. Só me restou o processo automático de correr. E corri. Não sabia que estava correndo. Não sabia nada. Foi algo, como já disse, automático. Não havia razão para eu correr. Afinal, eu não era um vagabundo. Era um cidadão da comunidade e estava em minha cidade natal. Não era culpado de ter feito nada errado. Eu era um estudante universitário. Meu nome até havia saído nos jornais; e eu vestia boas roupas, que nunca haviam sido usadas por outros. E ainda assim corri – cegamente, loucamente, como um animal assustado, por mais de um quarteirão. E quando dei por mim notei que ainda estava correndo. Exigia um grande esforço parar minhas pernas.

Não, nunca irei me recuperar daquilo. Não posso fazer nada. Quando um tira se aproxima, eu corro. Além disso, tenho uma infeliz propensão de ir para a cadeia. Estive na cadeia mais vezes depois que fui vagabundo do que nos meus tempos de vadiagem.

Num domingo de manhã, passeio de bicicleta com uma jovem, quando, antes que pudéssemos sair dos limites da cidade, somos detidos por termos trombado com um pedestre na calçada. Resolvo ser mais cuidadoso.

Na próxima vez que estou andando de bicicleta é à noite, e minha lâmpada de gás acetileno não funciona direito. Tento manter cuidadosamente a efêmera chama acesa por causa do regulamento. Tenho pressa, mas ando devagar feito uma lesma para não apagar a chama vacilante. Chego aos limites da cidade, além da jurisdição do regulamento, e pedalo a todo vapor para recuperar o tempo perdido. Quase um quilômetro adiante, sou "grampeado" por um tira, e, na manhã seguinte, tenho de pagar minha fiança na corte de polícia. A municipalidade estendera de forma traiçoeira seus limites em um quilômetro e meio, e eu não sabia. Isso era tudo.

Subo numa caixa de sabão, discurso sobre questões econômicas, e sobre meu direito inalienável de livre expressão e de reunião pacífica, quando um tira me pega e me leva para a prisão da cidade. Depois disso tudo, saio sob fiança. Não tem jeito.

Na Coreia, eu costumava ser preso quase todo dia. Era a mesma coisa na Manchúria. A última vez que estive no Japão, fui preso sob o pretexto de ser um espião russo[*]. Não era minha intenção, mas me colocaram na cadeia de qualquer maneira. Não há esperança para mim. Estou destinado a cumprir o papel do prisioneiro de Chillon[**]. Esta é minha sina.

Certa vez, hipnotizei um tira em Boston. Passava da meia-noite, e ele tinha motivos de sobra para me deter; mas, em vez disso, me deu um quarto de dólar e o endereço de um restaurante que ficava aberto a noite inteira. Também havia um tira em Bristol, Nova Jersey, que me pegou e logo em seguida me deixou partir – e Deus sabe que eu o provocara o suficiente para que me colocasse na cadeia. Bati nele do jeito mais duro que podia; ele nunca deve ter apanhado tanto em sua vida. Aconteceu assim. Lá pela meia-noite, peguei um cargueiro saindo da Filadélfia. Os guarda-freios me jogaram para fora. O trem estava saindo lentamente pelo labirinto de trilhos e desvios dos pátios da estação. Eu o peguei de novo, e outra vez fui expulso. Vejam vocês, eu precisava me agarrar a ele do lado de "fora", já que tinha todas as suas portas trancadas e seladas.

Na segunda vez que fui jogado para fora, o guarda-freio me passou um sermão. Disse que eu estava arriscando minha vida, que aquele era um trem de cargas rápido e que era perigoso. Eu lhe disse que estava acostumado à alta velocidade, mas não

---

[*] Em 1904, Jack London viajou para o Japão e a Coreia como correspondente dos jornais de William Randolph Hearst para cobrir a Guerra entre Rússia e Japão. (N. T.)

[**] Referência ao poema de Lord Byron, "O Prisioneiro de Chillon", publicado em 1816. (N. T.)

A ESTRADA

adiantou: ele não permitiria que eu me suicidasse; por isso, me expulsou. Mas agarrei o trem uma terceira vez, entrando por entre os para-choques, os mais finos que já tinha visto – não me refiro aos verdadeiros para-choques de ferro, que são conectados por uma correia metálica, e que batem e roçam uns nos outros; me refiro aos suportes, aos enormes calços que cruzam as extremidades dos carros de carga bem acima dos para-choques. Quando se viaja nos para-choques, a pessoa se apoia naqueles calços, um pé em cada, os para-choques entre os pés, bem embaixo deles.

Mas os suportes ou calços em que eu me encontrava apoiado não eram dos largos e espaçosos que, em geral, se usavam nos vagões de carga daquela época. Pelo contrário, eram muito estreitos – não mais que uma polegada e meia de largura. Eu não podia apoiar nem metade de minha sola neles. Assim, não havia nada com o que eu pudesse segurar. É verdade que havia as extremidades dos dois vagões, mas eram superfícies chatas, perpendiculares. Não havia pegas. Eu podia apenas pressionar minhas palmas abertas contra as extremidades do carro para apoio; porém, aquilo teria sido tudo bem se os calços para meus pés tivessem sido decentemente largos.

Quando o cargueiro saiu da Filadélfia, começou a ganhar velocidade. Foi aí que entendi o que o guarda-freio queria dizer com suicídio. O trem foi indo cada vez mais rápido. Como era totalmente um trem de carga, sem passageiros, seguia direto, sem paradas. Naquela parte da Pensilvânia, quatro trilhos correm lado a lado, e meu comboio, rumando para o Leste, não precisava se preocupar em passar pelos trens de carga que iam para o Oeste nem em dar passagem aos expressos se dirigindo ao Leste. Tinha uma via exclusiva para si mesmo e a usava. Estava numa situação precária. Fiquei de pé com as pontas das solas nas estreitas projeções, as palmas das mãos pressionando de forma desesperada contra as extremidades chatas, perpendiculares, de cada carro. E aqueles vagões se moviam individualmente, para cima e para baixo, para um lado e para o outro, para a frente e para trás. Vocês já viram um cavaleiro de circo ereto, sobre dois cavalos correndo, com um pé nas costas de cada animal? Bem, aquilo era o que eu estava fazendo, com várias diferenças. O cavaleiro do circo tem rédeas para se segurar, enquanto eu não tinha nada; ele fica em pé, usando toda a sola dos sapatos, enquanto eu ficava nas pontas dos meus; ele dobra as pernas e o corpo, ganhando força do arco com a postura e conseguindo a estabilidade a partir de um centro de gravidade baixo, enquanto eu era obrigado a ficar de pé, ereto, e manter as pernas esticadas; ele cavalgava com a cara para a frente, enquanto eu ia de lado; e, além disso, se ele caísse, teria apenas de rolar na serradura, enquanto eu seria esmigalhado por baixo das rodas do trem.

Aquele cargueiro estava mesmo indo depressa, rugindo e chiando, balançando como louco nas curvas, passando sobre pontes suspensas como um trovão, a extremidade de um carro subindo enquanto a outra descia, ou sacudindo para a direita no mesmo momento que a outra guinava para a esquerda. E eu rezava o tempo todo e torcia para que o trem parasse. Mas ele não parava. Ele não tinha de parar. Pela primeira, única e última vez na Estrada, senti que estava perdido. Abandonei os para-choques e dei um jeito de sair para a escada lateral – era uma tarefa delicada, já que eu nunca tinha encontrado vagões que fossem tão desprovidos de pontos de apoios para mãos e pés como aqueles.

Ouvi a locomotiva apitando e senti a velocidade diminuir. Sabia que o trem não iria parar, mas tinha decidido me arriscar se diminuísse suficientemente a velocidade. Naquele ponto do percurso ele fez uma curva, passou por uma ponte sobre um canal e atravessou a cidade de Bristol. Isso fez com que diminuísse a velocidade. Agarrei-me à outra escada lateral e esperei. Não sabia que estávamos nos aproximando de Bristol; não sabia por que reduzíamos a velocidade – tudo o que eu sabia era que queria sair. Apertei os olhos na escuridão, à procura de uma esquina na rua onde pudesse pular. Eu estava bastante fora do trem, e antes de meu carro entrar na cidade a locomotiva passou pela estação e senti que aumentava a velocidade de novo.

Então apareceu a rua. Estava muito escura para ver quão larga era ou o que havia do outro lado. Sabia que precisava de toda a extensão daquela rua se quisesse ficar de pé depois de atingi-la. Caí próximo dali. Pode parecer fácil. Por "cair", quero dizer

A ESTRADA

apenas isso: primeiro, na escada lateral, inclinei o corpo para a frente o máximo que podia, na direção que seguia o trem – para dar tanto espaço quanto possível para ganhar impulso para trás quando eu balançasse para fora. Então balancei para fora e para trás com toda minha força e me soltei – ao mesmo tempo que tomava impulso para recuar, como se pretendesse acertar o chão com a parte de trás de minha cabeça. Todo o esforço era para superar, tanto quanto possível, o primeiro movimento para a frente que o trem havia imposto ao meu corpo. Quando meus pés acertaram o lastro, meu corpo estava inclinado para trás, no meio do ar, num ângulo de 45 graus. Eu tinha reduzido em parte o impulso para a frente, tendo em vista que, quando meus pés acertaram, não bati de imediato com a cara para baixo. Em vez disso, meu corpo se levantou para a perpendicular e começou a inclinar para a frente. Na realidade, meu corpo ainda seguia o movimento do trem, enquanto meus pés, por causa do contato com a terra, já haviam perdido todo o impulso. Por isso, tinha que levantar os pés depressa e correr, para mantê-los como apoio do meu corpo, impulsionado para a frente. O resultado foi que meus pés bateram num rápido e explosivo tamborilar pela rua. Não ousei pará-los. Se tivesse parado, teria tropeçado para a frente. Dependia de mim continuar seguindo.

Eu era um projétil involuntário, preocupado com o que estava do outro lado da rua e esperando que não fosse uma parede de pedra ou um poste telegráfico. E foi aí que acertei algo. Que horror! Vi do que se tratava no instante antes do desastre – lá estava um tira, em pé, no meio da escuridão. Caímos juntos, rolando, e o processo automático era tal naquela criatura miserável que, no momento do impacto, ele me agarrou e não me soltou mais. Estávamos ambos nocauteados; mas, enquanto se recuperava, segurava um vagabundo manso como um cordeiro.

Se aquele tira tivesse qualquer imaginação, teria pensado que eu era um viajante de outros mundos, o homem de Marte acabando de chegar, uma vez que, na escuridão, ele não me vira pular do trem. Na realidade, suas primeiras palavras foram:

– De onde você veio? – E suas próximas palavras, antes que eu tivesse tempo de responder, foram: – Minha vontade é te prender.

JACK LONDON

Esta última, estou convencido, foi, da mesma forma, automática. No íntimo, ele era realmente um tira bondoso, já que, depois de eu lhe ter contado uma "história" e lhe ter ajudado a tirar a poeira da farda, me deu o prazo até o próximo cargueiro para sair da cidade. Estipulei duas condições: primeiro, que o cargueiro teria de rumar para o Leste; segundo, que não deveria ser um trem exclusivamente de carga nem que tivesse todas as portas seladas e trancadas. Ele concordou, e então, pelos termos do Tratado de Bristol, escapei de ser grampeado.

Lembro-me de outra noite, naquela parte do país, em que quase acabei nas mãos de outro tira. Se o tivesse acertado, o teria projetado no ar, uma vez que eu vinha de muito alto, em queda livre, com vários outros tiras um pouco atrás de mim, quase a me alcançar. Foi assim que aconteceu. Eu estava ficando numa estrebaria em Washington. Tinha um estábulo e cobertores de cavalo só para mim. Em troca de tão suntuosa acomodação, cuidei de uma série de cavalos cada manhã. Eu ainda poderia estar lá se não fosse pelos tiras.

Certa noite, por volta das nove horas, voltei para o estábulo para dormir e encontrei um jogo de dados a todo vapor. Fora dia de mercado, e todos os negros tinham dinheiro. Seria bom explicar a disposição do local. A estrebaria dava para duas ruas. Entrei pela da frente, passei pelo escritório e cheguei à passagem entre duas fileiras de estábulos que corriam a distância do edifício e abriam na outra rua. No meio do caminho, ao longo dessa passagem, embaixo de um bico de gás e entre as fileiras de cavalos, havia cerca de quarenta negros. Juntei-me a eles como espectador. Eu estava duro e não podia jogar. Um negro jogava os dados e não perdia nunca. Estava numa maré de sorte, e a cada jogada a aposta total dobrava. Todo tipo de dinheiro estava no chão. Era fascinante. A cada jogada, as chances de o negro perder tudo aumentavam sobremaneira. A excitação era intensa. E justo naquele momento veio um impacto violento nos portões que se abriam para a rua de trás.

Alguns dos negros correram na direção oposta. Dei uma pausa em minha fuga por um instante, para pegar o dinheiro no chão. Aquilo não era roubo – era apenas um costume. Cada homem que

A ESTRADA

não tinha corrido estava pegando. As portas foram escancaradas ruidosamente e por elas surgiu um esquadrão de tiras. Corremos para o outro lado. Estava escuro no escritório, e a porta estreita não iria permitir que todos nós passássemos para a rua ao mesmo tempo. Foi o maior congestionamento. Um negro mergulhou pela janela, levando a vidraça com ele, e foi seguido por outros colegas. Atrás de nós, os tiras estavam grampeando prisioneiros. Um negro grande e eu corremos em disparada para a porta ao mesmo tempo. Sendo maior que eu, ele me deu um encontrão e atravessou primeiro. No próximo instante, um porrete atingiu-o na cabeça e ele caiu como um bezerro. Outro esquadrão de tiras estava nos esperando lá fora. Sabiam que não podiam parar a debandada com as mãos, então balançavam os porretes. Tropecei sobre o negro caído que me pivotara, esquivei-me de levar um porrete na cabeça, mergulhei entre as pernas de um tira e me livrei. E, então, como corri! Havia um mulato magro bem na minha frente e peguei seu ritmo. Ele conhecia a cidade melhor que eu, e eu sabia que, se o seguisse, estaria em segurança. Mas ele, por sua vez, me tomou por um tira perseguidor. Nunca olhou em volta. Apenas correu. Meu fôlego era bom: acompanhei seu passo e quase o matei. No final, ele tropeçou já fraco, caiu de joelhos e se rendeu. E, quando descobriu que eu não era um tira, só escapei de uma sova porque ele não tinha mais fôlego.

Foi por isso que deixei Washington – não por causa do mulato, mas por causa dos tiras. Fui para a estação e peguei o primeiro vagão postal do expresso *Pennsylvania Railroad*. Depois que o trem ganhou velocidade e notei que ia rápido, comecei a me preocupar. Aquela ferrovia tinha quatro vias, e as locomotivas pegavam água em movimento. Vagabundos há muito tempo tinham me avisado para nunca viajar no primeiro vagão em trens desse tipo. E, agora, deixem-me explicar. Entre os trilhos estão calhas estreitas de metal. À medida que a locomotiva, a toda velocidade, passa por cima, uma espécie de tubo inclinado cai na calha. O resultado é que toda a água na calha é aspirada para cima pelo tubo e enche o tênder.

Em algum lugar entre Washington e Baltimore, enquanto me sentava sobre a plataforma do vagão postal, um agradável borrifo de água começou a encher o ar. Não fazia mal algum. Ah-ah, pensei, é tudo um blefe esse negócio que dizem que pegar água em movimento é ruim para o vagabundo no primeiro vagão – que mal pode fazer essa borrifadinha? Então comecei a me maravilhar com o aparelho. *Isso* era "ferroviar"! Que não me falassem do "ferroviar" primitivo do Oeste! Exatamente naquela hora o tênder encheu... e não havia chegado ao fim da calha. Uma maré de água caiu sobre a parte de trás do tênder, sobre mim. Eu estava empapado até os ossos, tão molhado como se tivesse caído no mar.

O trem foi para Baltimore. Como é costume nas grandes cidades do Leste, a ferrovia corria embaixo do nível das ruas, num fundo escavado. À medida que o trem entrou na estação iluminada, me encolhi o máximo possível no vagão. Mas um tira ferroviário me viu e me perseguiu. Dois mais se uniram a ele. Eu tinha passado a estação e corri direto pelos trilhos. Estava num tipo de armadilha. De cada lado, estavam os íngremes muros do fosso; se tentasse escalá-los e fracassasse, sabia que escorregaria de volta para as garras dos tiras. Continuei correndo, estudando os muros para encontrar um lugar favorável para subir. Por fim, vi tal lugar. Veio bem depois que eu passara sob uma ponte que ligava duas ruas no nível superior do fosso. Agarrei com mãos e pés a parede inclinada. Os três tiras ferroviários faziam o mesmo, logo atrás de mim.

No topo, me encontrei num terreno baldio. De um lado estava um muro baixo que o separava da rua. Não havia tempo para uma investigação de último minuto. Estavam em meu encalço. Fui para o muro e o transpus. E logo ali tive a maior surpresa da minha vida. Está-se acostumado a pensar que um lado do muro é tão alto quanto o outro. Mas aquele era diferente. Vejam só, o terreno baldio era muito mais alto que o nível da rua. Do meu lado, o muro era baixo, mas do outro – bem, quando me vi despencando lá de cima, sem ter onde me segurar, parecia que estava caindo num abismo. Lá embaixo, na calçada, sob a luz de um poste, estava um tira. Acho que despenquei uns três ou quatro metros até lá embaixo, na calçada; mas, por causa do choque causado pela surpresa, parecia o dobro da distância.

A ESTRADA

Fiquei reto no ar e caí. Primeiro, pensei que pousaria no tira. Minhas roupas roçaram nele quando meus pés atingiram a calçada com impacto explosivo. Foi incrível que ele não tivesse morrido, já que não ouviu me aproximar. Era a velha história do homem de Marte de novo. O tira não pulou. Sobressaltou-se, afastando-se de mim como um cavalo assustado, e aí tentou me agarrar. Não parei para explicar. Deixei isso para meus perseguidores, que estavam pulando por cima do muro um tanto quanto cautelosamente. Mas foi uma boa perseguição. Corri para uma rua acima e outra abaixo, me desviei em volta das esquinas e finalmente escapei.

Depois de gastar um pouco das moedas que peguei do jogo de dados e de matar o tempo, voltei para o fosso da ferrovia, fora das luzes da estação, e esperei por um trem. Meu sangue tinha esfriado, e eu tremia miseravelmente dentro das roupas molhadas. Por fim, o trem entrou na estação. Agachei-me na escuridão e, com sucesso, entrei nele quando saiu, tomando bastante cuidado dessa vez para entrar no segundo vagão postal, o qual não seria atingido por borrifos de água. O trem correu 65 quilômetros até a primeira parada. Saí numa estação iluminada, estranhamente familiar. Estava de volta a Washington. De alguma forma, durante a excitação da fuga de Baltimore, correndo por ruas estranhas, desviando, virando e mudando de rumo, dei meia-volta, regressei à estação do outro lado da via e peguei o trem na direção errada. Tinha perdido uma noite de sono, estava empapado até os ossos, fora perseguido para valer e, para o meu desespero, retornara para o mesmo lugar onde tinha começado. Não, a vida na Estrada não é só diversão. Mas não voltei para a estrebaria. Fiz alguns confiscos bem-sucedidos e não queria ter de prestar contas aos negros. Então peguei o próximo trem e tomei meu café da manhã em Baltimore.

CRONOLOGIA DE JACK LONDON

1876 Jack London nasce no dia 12 de janeiro, em San Francisco, Califórnia.

1883 A família de London se muda para uma pequena fazenda no Condado de San Mateo.

1886 Nova mudança da família, que passa a morar em Oakland. Ali, London realiza diversos trabalhos como entregador de jornais, faxineiro de bares e arrumador de pinos de boliche, entre outros.

1890 Jack London se gradua na Cole Grammar School, em West Oakland, bairro pobre de imigrantes italianos e chineses onde morava.

1891–1892 Trabalha numa fábrica de enlatados. Compra um pequeno barco, o Razzle Dazzle, por 300 dólares e, em seguida, torna-se pirata de ostras na baía de San Francisco. Depois, aceita um emprego na Fish Patrol para perseguir os antigos amigos piratas.

1893 Embarca no navio Sophia Sutherland e passa sete meses no mar. Ao retornar, vai trabalhar numa fábrica de juta, com uma jornada de dez horas diárias, a dez centavos a hora, e depois numa estação geradora de energia elétrica. Escreve "Typhoon off the Coast of Japan", que ganha um concurso do *San Francisco Call*. Recebe 25 dólares pelo texto.

1894 Acompanha o Exército de Desempregados de Kelly até Washington. É detido por vagabundagem e fica preso por trinta dias na Penitenciária do Condado de Erie, em Nova York. Viaja como vagabundo durante sete meses, em trens, pelo Canadá e pelos Estados Unidos. Mais tarde, publicará os relatos de suas aventuras em *A Estrada,* em 1907.

1895–1896 Frequenta a Oakland High School por um ano e torna-se membro do Partido Socialista Operário. Começa a ser conhecido como o "garoto socialista de Oakland".

1896–1897 Frequenta a Universidade da Califórnia por alguns meses, mas logo abandona os estudos. Vai trabalhar na lavanderia da Belmont Academy, escola militar ao sul de San Francisco, numa jornada de dez horas diárias, seis dias por semana.

1897–1898 Parte com o capitão James Shepard, marido de sua irmã, a bordo do Umatilla para o Klondike, reside numa cabana na região de Henderson's Creek, perto de Dawson City, e contrai escorbuto. Retorna em julho de 1898 para San Francisco.

1898–1899 Procura emprego novamente. Trabalha como jardineiro e lavador de janelas. Começa a enviar contos para revistas. Vende sua primeira história, "To a Man on a Trail", para o *Overland Monthly,* de San Francisco, por 5 dólares, publicada em janeiro de 1899. Em agosto do mesmo ano, vende o conto "An Odyssey of the North" para o *Atlantic Monthly.*

1900 Publica *O filho do lobo.* Casa-se em 7 de abril, com Elizabeth Maddern.

1901 Nasce Joan London. Jack candidata-se a prefeito de Oakland pelo Partido Socialista da América, de Eugene Debs, dissidência do Partido Socialista Operário, e recebe apenas 245 votos. Publica *The God of His Fathers.* Começa sua relação profissional com a editora Macmillan, que duraria vários anos.

1902 Muda-se com a família para Piedmont Hills. Publica seu primeiro romance, *A Daughter of the Snows.* Passa seis semanas no East End de Londres. Nasce a segunda filha, Bess London.

1903 Publica *O chamado da floresta* e *O povo do abismo.* Os dois livros são um grande sucesso. Conhece Charmian Kittredge e se separa de Elizabeth.

1904 Enviado ao Japão e à Coreia como correspondente do grupo Hearst para cobrir a guerra russo-japonesa.

A ESTRADA

1905 Candidata-se novamente a prefeito de Oakland pelo Partido Socialista e recebe 981 votos. Dá palestras em Bowdoin e Harvard. Casa-se com Charmian Kittredge.

1906 Começa a construir o veleiro Snark. Publica *Caninos brancos*.

1907 Inicia viagem de veleiro para o Pacífico Sul com a nova esposa. A viagem dura vinte sete meses. Publica *A Estrada* pela editora Macmillan.

1908 Publica *O Tacão de Ferro*.

1909 Abandona a jornada por motivo de doença. Irá se tratar em Sydney, Austrália, e retorna para a Califórnia no mesmo ano. Publica *Martin Eden*.

1910 Começa a construir uma mansão, chamada Casa do Lobo, em sua enorme propriedade. Compra de Sinclair Lewis argumentos para novas histórias. O acordo dura aproximadamente um ano.

1911 Publica *South Sea Tales*. Escreve artigos apoiando a Revolução Mexicana.

1912 Viagem de cinco meses de barco com Charmian.

1913 Problemas de saúde. Tem o apêndice retirado. O estado de seus rins piora. A mansão Casa do Lobo é destruída por um incêndio.

1914 Vai para o México de barco com a esposa para cobrir a Revolução Mexicana para revista *Collier's*. Já não apoia mais a revolução. Sofre de disenteria e pleurisia.

1915 Sofre de reumatismo agudo e permanece durante cinco meses no Havaí para tratamento. Publica *A praga escarlate* e *O andarilho das estrelas*.

1916 Em março, escreve em Honolulu, no Havaí, uma carta anunciando seu abandono do Partido Socialista. Em setembro, é hospitalizado por causa de um reumatismo. No dia 22 de novembro, Jack London morre após um ataque de uremia e uma overdose de medicamentos.

OBRA COMPLETA

1900 *The Son of Wolf*, Houghton Mifflin. Contos. Inclui: "The White Silence"; "The Son of Wolf"; "The Men of Forty Mile"; "In a Far Country"; "To a Man on Trail"; "The Priestley Prerrogative"; "The Wisdom of the Trail"; "The Wife of a King"; e "An Odyssey of the North". [Ed. port.: *O filho do lobo*. Trad. Ana Barradas. Lisboa, Livraria Civilização, 2005].

1901 *The God of His Fathers*, McClure, Phillips. Contos. Inclui: "The God of his Fathers"; "The Great Interrogation"; "Which Make Men Remember"; "Siwash"; "The Man with the Gash"; "Jan, the Unrepentant"; "Grit of Women"; "Where the Trail Forks"; "A Daughter of the Aurora"; "At the Rainbow's End"; e "The Scorn of Women".

1902 *A Daughter of the Snows*, J. B. Lippincott. Romance. [Ed. bras.: *Filha da neve*. Trad. Monteiro Lobato. 3. ed. São Paulo, Nacional, 1983.]

Children of the Frost, Macmillan. Contos. Inclui: "In the Forests of the North"; "The Law of Life"; "Nam-Bok the Unveracious"; "The Master of Mystery"; "The Sunlanders"; "The Sickness of Lone Chief"; "Keesh, the Son of Keesh"; "The Death of Ligoun"; "Li Wan, the Fair"; e "The League of the Old Men".

The Cruise of the "Dazzler", Century Co. Romance. [Ed. port.: *O cruzeiro do dazzler*. Trad. Jorge de Lima. Porto, Livraria Civilização, 1972.]

1903 *The Call of the Wild*, Macmillan. Romance. [Ed. bras.: *Chamado selvagem*. Trad. Clarice Lispector. São Paulo, Ediouro, 2008.]

JACK LONDON

1903 *The Kempton-Wace Letters* (com Anna Strunsky), Macmillan. Romance.

The People of the Abyss, Macmillan. Memórias/reportagem. [Ed. bras.: *O povo do abismo*: fome e miséria no coração do império britânico, uma reportagem do início do século XX. Trad. Hélio Guimarães, Flávio Moura. São Paulo, Fundação Perseu Abramo, 2004. Coleção Clássicos do Pensamento Radical.]

1904 *The Faith of Men*, Macmillan. Contos. Inclui: "A Relic of the Pliocene"; "A Hyperborean Brew"; "The Faith of Men"; "Too Much Gold"; "The One Thousand Dozen"; "The Marriage of Lit-Lit"; "Batard"; e "The Story of Jees-Uck".

The Sea Wolf, Macmillan. Romance. [Ed. bras.: *O lobo do mar.* Trad. Monteiro Lobato. 10. ed. São Paulo, Nacional, 2004.]

1905 *War of the Classes*, Macmillan. Ensaios e artigos políticos.

The Game, Macmillan. Novela.

Tales of the Fish Patrol, Macmillan. Histórias.

1906 *Moon-Face, and Other Stories*, Macmillan. Contos. Inclui: "Moon-Face: a Story of a Mortal Antipathy"; "The Leopard Man's Story"; "Local Colour"; "Amateur Night"; "The Minions of Midas"; "The Shadow and the Flesh"; "All-Gold Canyon"; e "Planchette". [Ed. port.: *Cara de lua-cheia.* Trad. Daniel Gonçalves. Porto, Livraria Civilização, 1971.]

Scorn of Women, Macmillan. Teatro.

White Fang, Macmillan. Romance. [Ed. bras.: *Caninos brancos.* Trad. Monteiro Lobato. 5. ed. Nacional, 2004.]

1907 *Love of Life, and Other Stories*, Macmillan. Contos. Inclui: "Love of Life"; "A Day's Lodging"; "The White Man's Way"; "The Story of Keesh"; "The Unexpected"; "Brown Wolf"; "The Sun Dog Trail"; e "Negore, the Coward".

Before Adam, Macmillan. Novela. [Ed. bras.: *Antes de Adão.* Trad. Maria Inês Arieira, Luis Fernando Brandão. Porto Alegre, L&PM, 1999. Coleção L&PM Pocket – Descobertas, 152.]

A Estrada, Macmillan. Memórias/aventuras de juventude como vagabundo.

A ESTRADA

1908 *The Iron Heel*, Macmillan. Romance. [Ed. bras.: *O Tacão de Ferro*. Trad.: Afonso Teixeira Filho. São Paulo, Boitempo, 2003.]

1909 *Martin Eden*, Macmillan. Romance.

1910 *Lost Face*, Macmillan. Contos. Inclui: "Lost Face"; "Trust"; "To Build a Fire"; "That Spot"; "Flush of Gold"; "The Passing of Marcus O'Brien"; e "The Wit of Porportuk".

Revolution, Macmillan. Ensaios e artigos políticos.

Burning Daylight, Macmillan. Romance.

Theft, Macmillan. Teatro.

1911 *When God Laughs*, Macmillan. Contos. Inclui: "When God Laughs"; "The Apostate"; "A Wicked Woman"; "Just Meat"; "Created He Them"; "The Chinago"; "Make Westing"; "Semper Idem"; "A Nose for the King"; "The Francis Spaight"; "A Curious Fragment"; e "A Piece of Steak". [Ed. port.: *Quando os deuses se riem*. Trad. Olinda Gomes Fernandes. Porto, Livraria Civilização, 1972.]

Adventure, Macmillan. Romance. [Ed. bras.: *Aventureira*. São Paulo, Ibep Nacional, 2003.]

The Cruise of the "Snark", Macmillan. Memórias/viagens de barco.

South Sea Tales, Macmillan. Contos. Inclui: "The House of Mapuhi"; "The Whale Tooth"; "Mauki"; "Yah! Yah! Yah"!; "The Heathen"; "The Terrible Solomons"; "The Inevitable White Man"; e "The Seed of M'Coy".

1912 *A Son of the Sun*, Doubleday. Contos. Inclui: "A Son of the Sun"; "The Proud Goat of Aloysius Pankburn"; "The Devils of Fuatino"; "The Jokers of New Gibbon"; "A Little Account with Swithin Hall"; "A Goboto Night"; "The Feathers of the Sun"; e "The Pearls of Parlay". [Ed. port.: *O filho do sol*. Trad.: Aureliano Sampaio. Lisboa, Inquérito, 1983.]

The House of Pride, Macmillan. Contos. Inclui: "The House of Pride"; "Koolau the Leper"; "Good-bye, Jack"!; "Aloha Oe"; "Chun Ah Chun"; "The Sheriff of Kona"; e "Jack London, by Himself".

JACK LONDON

1912 *Smoke Bellew*, Century. Histórias conectadas do mesmo personagem.

1913 *The Night Born*, Century. Contos. Inclui: "The Night Born"; "The Madness of John Harned"; "When the World was Young"; "The Benefit of the Doubt"; "Winged Blackmail"; "Bunches of Knuckles"; "War"; "Under the Deck Awnings"; "To Kill a Man"; e "The Mexican".

The Abysmal Brute, Century. Romance.

John Barleycorn, Century. Memórias.

The Valley of the Moon, Macmillan. Romance. [Ed. port.: *O vale da lua*. Trad. Daniel Gonçalves. Porto, Livraria Civilização, 1971.]

1914 *The Strenght of the Strong*, Macmillan. Contos. Inclui: "The Strenght of the Strong"; "South of the Slot"; "The Unparalleled Invasion"; "The Enemy of All the World"; "The Dream of Debs"; "The Sea Farmer"; e "Samuel".

The Mutiny of the Elsinore, Macmillan. Romance.

1915 *The Scarlet Plague*, Macmillan. Novela. [Ed. bras.: *A praga escarlate e o combate*. São Paulo, Conrad, 2003.]

The Star Rover, Macmillan. Romance.

1916 *The Acorn Planter*, Macmillan. Teatro.

The Little Lady of the Big House, Macmillan. Romance.

Turtles of Tasman, Macmillan. Contos. Inclui: "Turtles of Tasman"; "The Eternity of Forms"; "Told in the Drooling Ward"; "The Hobo and the Fairy"; "The Prodigal Father"; "The First Poet"; "Finis"; e "The End of The Story".

1917 *The Human Drift*, Macmillan. Livro póstumo. Artigos.

Jerry of the Islands, Macmillan. Livro póstumo. Romance.

Michael, Brother of Jerry, Macmillan. Livro póstumo. Romance.

1918 *The Red One*, Macmillan. Livro póstumo. Contos. Inclui: "The Red One"; "The Hussy"; "Like Argus of the Ancient Times"; e "The Princess".

198

A ESTRADA

1919 *On the Makaloa Mat*, Macmillan. Livro póstumo. Contos. Inclui: "On the Makaloa Mat"; "The Bones of Kahekili"; "When Alice Told her Soul"; "Shin-Bones"; "The Water Baby"; "The Tears of Ah Kim"; e "The Kanaka Surf".

1920 *Hearts of Three*, Macmillan. Livro póstumo. Romance.

1922 *Dutch Courage*, Macmillan. Livro póstumo. Contos. Inclui: "Dutch Courage"; "Typhoon of the Coast of Japan"; "The Lost Poacher"; "The Banks of the Sacramento"; "Chris Farrington, Able Seaman"; "To Repel Boarders"; "An Adventure in the Upper Sea"; "Bald-Face"; "In Yeddo Bay"; e "Whose Business is to Live".

1963 *The Assassination Bureau*, McGraw–Hill. Livro póstumo. Romance inacabado, completado por Rober L. Fish.

1965 *Letters from Jack London*, Odyssey Press. Livro póstumo. Organizado por King Hendricks e Irving Shepard. Cartas.

1970 *Jack London Reports*, Doubleday & Co. Livro póstumo. Organizado por King Hendricks e Irving Shepard. Correspondência de guerra, artigos esportivos e textos sobre diferentes assuntos.

Este livro foi composto em ITC New Baskerville, corpo 10,5/12,6, e reimpresso em papel Avena 80g/m² pela gráfica Forma Certa, para a Boitempo, em abril de 2025, com tiragem de 100 exemplares.